Love me for my Truth

GABRIELLA QUEEN

Love me
FOR MY TRUTH

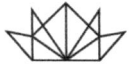

BUCHBESCHREIBUNG
Wenn die Masken fallen, kommen neue Wahrheiten ans Licht

Als ehemaliger Regisseur hatte Jackson bisher sämtliche Fäden seines Lebens in der Hand, doch jetzt droht ihm alles zu entgleiten. Er hätte sich niemals in den Mann verlieben dürfen, der für das größte Unglück seines Lebens verantwortlich ist. Doch Tavi ist der erste Mensch, der es schafft, sein Herz wieder zu öffnen. Ein Herz, in dem vieles verschlossen liegt ...

Sind seine Gefühle für Tavi nur ein verzweifelter Versuch, an etwas festzuhalten, das schon lange verloren ist?

Zwischen Hoffnung, Leidenschaft und Zweifeln erheben sich auch noch die Schatten aus Jacks Vergangenheit, und drohen, ihm ein zweites Mal alles zu entreißen, was ihm wichtig ist.

ÜBER DEN AUTOR
Gabriella Queen schreibt über Pizzaboten, Piloten, Pornostars und alles dazwischen. Ihre Romane sind nie 'bloß' Liebesgeschichten. Zwischen den Zeilen verbergen sich alltägliche Probleme genauso wie Tabuthemen, bei denen sie regelmäßig großes Fingerspitzengefühl beweist. Es geht um Sex und Liebe, Angst und Mut, Freiheit und Grenzen. Was alle Geschichten vereint, sind die Protagonisten: stets Männer, von asexuell bis schwul, immer authentisch.

INHALTSWARNUNG

In diesem Buch findest du folgende womöglich triggernde Themen und Inhalte: explizite Erotik, Mobbing, Trauer, Angst, Erpressung, körperliche Gewalt, sexualisierte Gewalt, Homophobie

IMPRESSUM

© 2021 Gabriella Queen, Alle Rechte vorbehalten
Herstellung und Verlag: BoD – Books on Demand, Norderstedt

Covergestaltung: Catrin Sommer | rausch-gold.com
Illustration Olha Bondarenko

Bibliografische Information der Deutschen Nationalbibliothek:
Die Deutsche Nationalbibliothek verzeichnet diese Publikation
in der Deutschen Nationalbibliografie; detaillierte bibliografische
Daten sind im Internet über dnb.dnb.de abrufbar.

ISBN: 9783746033556

Für alle, die wie ein Löwe für das

kämpfen, was sie lieben.

PROLOG

DAS DUMPFE LÄUTEN der Schulglocke markierte das Ende und den Anfang. Jackson klappte eilig sein Deutschheft zu und warf es zurück in die Schultasche. Die Federmappe folgte zielsicher. Stifte klapperten, der Reißverschluss surrte.

Hibbelige Geschäftigkeit füllte den Raum. Stühle scharrten überall um ihn herum. Seine Freunde plapperten und lachten und machten Pläne für den Nachmittag oder gleich für das ganze Wochenende. Ihn sprach seit einer Weile niemand mehr an, wenn es darum ging. Sie wussten, dass er Nein sagen würde.

Er hatte ihnen erzählt, dass er an einem Projekt arbeitete. Dass er den ganzen Tag jobbte, um sich das Geld für seine Europa-Reise zusammenzusparen. Sie wussten, dass er von Frankreich träumte. Und, dass er seine Ziele mit großem Ehrgeiz verfolgte. Also ließen sie ihn in Ruhe. Was gut war.

Jack warf sich die Schultasche über die Schulter und eilte nach draußen. Über die kahlen Steintreppen nach unten und durch die hohe Pforte des Gebäudes. Bei den Fahrradständern und an der Bushaltestelle standen Leute und rauchten und tippten auf ihren Handys herum.

Der Drang nach einer Kippe wurde wach, aber er hatte keine eingesteckt. Er wollte damit aufhören, also hatte er aufgehört, welche zu kaufen.

Die Sonne warf ihr sattes Licht auf den kleinen Park neben dem Schulgelände. Das Grün der Wiese leuchtete und lud zum Fußballspielen ein. In ein paar Minuten würden sich sicher ein paar Leute zusammenfinden und kicken.

Jack lief weiter. Er musste nach Hause. Zwar kümmerten sich seine Eltern um Philipp, solange er in der Schule war, aber das hieß nur, dass er nicht verhungerte. Seine Familie war nicht einverstanden mit diesem Kind. Mit der ganzen Situation.

Wahrscheinlich konnte der Kleine das spüren. Vielleicht auch nicht ... aber er wollte es nicht drauf ankommen lassen.

Jack fing an zu rennen, weil die Ampel gerade auf Grün gesprungen war, und er nicht wieder minutenlang an der Kreuzung warten wollte. Mit großen, eiligen Schritten schaffte er es auf die andere Seite und bog um die Ecke.

Die Versuchung, wenigstens einen kurzen Abstecher in den Kiosk zu machen, war groß, aber er überging sie. Er war fast da. Und er hatte Kohldampf.

Er klingelte nicht, sondern schloss die Tür auf. Wenn Phil gerade schlief, wollte er ihn nicht wecken. Leise trat er in den Flur und legte die Tasche und seine Jacke ab. Der Geruch saftiger Steaks lockte ihn in die Küche. Jackson steckte den Kopf hinein und begrüßte seine Mutter.

Sie deutete auf den Teller, den sie ihm gerade zurechtgemacht hatte.

„Du kommst gerade noch rechtzeitig. Ich muss los. Mandy kann nicht kommen."

Eilig schob sie sich an ihm vorbei und schlüpfte in ihre Pumps.

„Wie war sein Tag bis jetzt?", fragte Jack.

„Besser als meiner." Sie schnaufte und war schon halb aus der Tür raus.

„Danke, Ma", sagte er und schaute ihr nach. Dann krallte er sich den Teller und das Besteck und schlich in sein Zimmer.

Damit das Babybett hier drin Platz fand, hatte er seine Staffelei und die Malutensilien in den Keller gebracht. Aus Philipps Ecke kam nur schläfrige Stille. Zum ersten Mal an diesem Tag legte sich Ruhe über Jacks Gedanken.

Er warf einen Blick in das Bettchen, betrachtete das kleine Bündel Mensch mit dem süßen Gesicht und den winzigen Händen und der Wunsch, den Kleinen auf den Arm zu nehmen war so groß, dass er ihn fast überwältigte. Aber Jack wusste inzwischen, dass es besser war, wenn er zuerst aß. Ein hungriger Dad war noch schneller überfordert als ein satter. Es würde wieder ein langer Tag werden.

Also setzte er sich an den Schreibtisch und begann, zu essen.

KAPITEL 1

JACKSON SAß AUF der Bettkante. In seinem Schlafzimmer war es kaum richtig hell, weil er sich nicht die Mühe gemacht hatte, die Vorhänge zu öffnen. In der rechten Hand hielt er sein Smartphone, und sein Daumen schwebte über der Schaltfläche, die die Aufnahme abspielen und pausieren konnte.

„Und dann kam dieser beschissene Morgen, an dem wir uns zufällig in den Duschen beim Sport getroffen haben. Phil wollte wohl ein bisschen ausnüchtern und ich wollte mich austoben, bevor alle anderen auch unterwegs sind."

Es war Tavis Stimme, die aus dem kleinen Lautsprecher kam.

Er wusste nicht mehr, wie oft er sich die Aufnahme jetzt schon angehört hatte, aber er konnte jedes einzelne Wort auswendig. Die Nachricht hatte sich eingebrannt. Jede Formulierung, jede Sprechpause, jedes

Zittern. Als hätte sein Hirn eine Kopie dieser Datei angelegt.

Jack ließ sie weiterlaufen, bis das Rascheln und Knacken kam und die Aufnahme stoppte. Er sah den Moment vor sich. Wie er sich nach hinten streckte, um mit einem kurzen Handgriff die Aufnahme zu speichern und dann näher zu Tavi heranrückte, der unter der Erinnerung an Philipps Tod zitterte.

Auch jetzt, da ein paar Tage vergangen waren, fühlte er nichts anderes als zu dieser Sekunde. Es hatte sich kein Triumph eingestellt. Keine Genugtuung. Kein Frieden.

Er hatte seine Antwort, das Geständnis auf Band und die Möglichkeit, damit zur Polizei zu gehen und vielleicht eine Strafe für Tavi zu erwirken. Aber es schien gar keine Rolle mehr zu spielen.

Die Wut, die ihn angetrieben hatte, war fort und er fand keinen Weg zurück zu ihr. Was blieb, war eine seltsame Kraftlosigkeit. Eine Leere. Und eine Kälte, die so tief in ihm saß, dass Kaffe, Sport oder eine warme Decke nichts dagegen ausrichten konnten.

Alles ging weiter, während er hier saß.

Tavi war aus dem Club abgehauen und seitdem natürlich auch nicht mehr aufgetaucht.

Einen Tag nach ihrem Treffen hatte er noch seine Bewegungen über die App nachvollzogen. Dann hatte er sie gelöscht und mit ihr alle Zugänge zu Tavis Handydaten. Es war ihm schwergefallen, die Verbindung zu ihm aufzulösen.

Immer wieder ging er in Gedanken zurück und fragte sich, an welchem Punkt er so sehr von seinem Plan abgewichen war, dass er jetzt hier saß und diesen Mann vermisste.

Diese Sache mit ihnen war absurder als jeder Drehbuchentwurf, den er jemals in Händen gehalten hatte. Er sollte diesen Mann aus seinem Leben verbannen – und das sollte ihm leicht fallen.

Was Philipp wohl sagen würde, wenn er das alles wüsste?

War er wütend auf Tavi? Wünschte er sich, dass er ihn rächte? Oder war er nur traurig? Ekelte es ihn an, dass ausgerechnet sein Vater Sex mit ihm gehabt hatte?

Wahrscheinlich. Was sollte er sonst dabei empfinden.

Jack legte das Handy beiseite und wischte sich mit beiden Händen übers Gesicht.

Dann ging er in die Küche, um endlich das Drehbuch der Tochter seines Freundes aus dem Umschlag zu befreien. Er musste in sein Leben zurückkehren. Egal wie.

*

Es war ungefähr so, wie er es sich vorgestellt hatte. Die Kollegen wichen ihm aus wie Grashüpfer, die beiseite sprangen, wenn man über eine Sommerwiese lief.

Die Räume der Agentur waren in diesen Tagen fühlbar größer als sonst. Tavi sah in jedem Flur Leute stehen, die über das Video tuschelten, auch wenn es die meiste Zeit wahrscheinlich Einbildung war. Es blieb eine Tatsache, dass es sich verbreitet hatte wie ein Kettenbrief.

Alle in diesem Gebäude hatten es gesehen und vermutlich hatten die Leute, die es weiterschickten, auch den nötigen Kontext geliefert. Manchmal fiel es ihm schwer, zu atmen. Die Blicke lasteten schwer auf seinen Schultern, wie ein tatsächlich spürbares Gewicht, das ihn niederdrücken wollte. Seine Rolle hätte er nicht mehr spielen können, selbst wenn er es gewollt hätte. Er schaffte es ja kaum, zu irgendjemandem Blickkontakt aufzubauen. Teamleiter Octavius, zu dem alle aufschauten, war Geschichte.

Von allen, die es zu meiden gab, wich er Eli am penibelsten aus. Er verpasste sogar absichtlich ein Meeting, in dem er neben ihm gesessen hätte. Es war kindisch und mal wieder ein Zeichen seines großen inneren Schwächlings. Ebenso, dass er an den ersten zwei Tagen mehrmals ein Dokument öffnete, in dem er seine Kündigung verfassen wollte.

Jedes Mal, wenn er Elis Stimme aufschnappte, oder einen Raum betrat, in dem er schon war, zuckte er innerlich zusammen. Er hasste es, dass jetzt diese Mauer zwischen ihnen stand. Diese Bilder.

Gott, was war da auch in ihn gefahren? Er hatte etwas getrunken gehabt, aber das war nur eine schwache Ausrede. Nein, er hatte diesen Typen gefunden, der ihm ein bisschen ähnlich sah und darin sein Ventil gesehen. Jahrelang angestaute Wünsche und Begierden ... am Ende kam doch alles ans Licht. Da wäre es fast besser gewesen, er hätte das eine Mal im Fahrstuhl versucht, ihn zu küssen, dort seine Abfuhr kassiert und es später privat mit ihm geklärt.

Aber das, was er gemacht hatte und was da am Ende auf dem Video gelandet war, war einfach falsch und peinlich, und es tat ihm leid, dass Eli jetzt damit umgehen musste. Er hätte sich gerne entschuldigt. Dafür, und für die Geheimnisse und alles andere. Aber er fand keine Möglichkeit, und wenn es eine gab, dann keinen Mut. Jeder Tag war so anstrengend und ernüchternd zugleich.

Selbst Perkins, der ihn sonst umschwärmt hatte wie eine Motte, ließ ihn links liegen. Für ihn war die Sache wahrscheinlich ganz besonders peinlich. Tavi hoffte nur, dass er nicht auf die Idee kam, Eli irgendwelche Aufgaben oder Projekte wegzunehmen, nur weil er ihn dafür empfohlen hatte.

In der Mittagspause saß er allein am Tisch, während die anderen ihr Essen mitnahmen. Als sich jemand neben ihm niederließ, verschluckte Tavi sich fast an seinen Nudeln.

Es war Bea. Tavi schaute sie fragend an.

„Hey, wie gehts?" Sie schlug die Beine übereinander und zog an dem roten Strohhalm, der aus ihrem Eiscafé ragte.

Tavi zuckte mit den Schultern. Ihm war fast, als hätte er verlernt, wie Smalltalk überhaupt funktionierte. Aber er war dankbar dafür, dass es jemand versuchte.

„Ich bin okay. Und du?"

Sie musterte ihn mehrere Sekunden lang, ehe sie sprach. „Du hast hier ganz schön Schwung reingebracht."

Sein kurzes Auflachen klang mehr wie ein trockenes Husten. „So kann man es auch sagen. Allen ist ganz schwindelig von all dem Schwung."

„Normalerweise bin ich die, die es albern findet, wenn andere Frauen sagen, *der Typ muss schwul sein, wenn er nicht mit mir flirten will* ... aber in diesem Fall ..."

Sie grinste ihn an. Wahrscheinlich sollte ihn das irgendwie aufheitern. Er war sich nicht sicher, ob es funktionierte, aber die bloße Tatsache, dass er mal nicht alleine war und jemand mit ihm redete, half irgendwie, seine Laune zu bessern.

„Ja, es lag nicht an dir. Sorry."

„Schon okay. Eli ist ja auch ganz süß, ich versteh dich."

„Was denkst du, wann sie das vergessen und sich mit anderem Klatsch beschäftigen?", fragte er nun doch etwas hoffnungsvoll. Das war immerhin ein Feld, auf dem Bea sich auskannte.

„Die Leute reden gerne über Sex. Noch lieber, wenn es um den geht, den andere Leute haben."

„Du machst mir keine Hoffnung", grummelte er.

„Lass den Kopf nicht hängen. Ich kann mir vorstellen, dass du dich wie ein Aussätziger fühlst, aber das lässt irgendwann wieder nach. Ich meine, an deinen

Erfolgen ändert das ja nichts. Du bleibst einer der besten hier. Daran werden sie sich schon wieder erinnern." Ihr Lächeln wirkte echt.

„Danke dir."

Am vierten Tag stumpfte er langsam ab und es wurde Stück für Stück einfacher. Er merkte, dass er viel mehr Zeit hatte, seit er nicht mehr beliebt war. Niemand klingelte ihn an oder kam zu seinem Tisch, um sich einen Rat zu holen oder einfach nur zu quatschen. Sie ließen ihn in Ruhe.

Tavi nutzte die Zeit zum Arbeiten, aber seine Gedanken gingen auch oft eigene Wege. Sie wandten sich von Eli ab und kehrten in den Club zurück. In das große Bett, auf dem er gelegen hatte, Leo über ihm. Seine eigenen Laute hallten durch seinen Kopf und die Erinnerung an das geile Gefühl tief in ihm drin, war so lebendig, dass sein Schwanz darauf reagierte.

Es war unpassend und total dämlich.

Überhaupt noch daran zu denken ... und an Leo zu denken. An Jack. Er schluckte. Einfach alles daran war falsch. Er war Philipps Vater. Und er hatte Sex mit ihm gehabt. Mehrmals. Der Gedanke daran war schlimmer als die Angst davor, was Jack mit dem Geständnis anstellen würde. Er wusste, dass er es aufgenommen hatte. Wahrscheinlich hatte er alles aufgenommen. Jede einzelne ihrer Begegnungen, jedes Gespräch und jeden Fick.

19

Tavi wusste nicht, was er machen sollte. In keinem Bereich seines Lebens. Sollte er wegziehen? Kündigen? Einfach weitermachen und hoffen, dass es wieder besser wurde? Sollte er sich auf einer Datingplattform anmelden, jetzt, wo er ungeniert alles tun konnte, was er wollte? Sollte er seinerseits versuchen, irgendwelche rechtlichen Schritte gegen Jack einzuleiten, der immerhin irgendwie sein Handy gehackt und ein Video aus dem Club veröffentlicht hatte?

Er hätte viel dafür gegeben, mit jemandem über all das reden zu können, was in ihm los war. Mit einem Freund.

Elijah fiel dafür aus. Und ob Philipp ihn nach alldem noch an seinem Grab sehen wollte, wusste er nicht.

KAPITEL 2

DER FRIEDHOF WAR schweigsam. Selbst das Rascheln des Windes in den Gräsern und Bäumen schien heute leiser und zurückhaltender zu sein als sonst. Als wisse die Welt, dass er einiges mit Philipp zu besprechen hatte und Ruhe dafür brauchte.

Tavi schritt den Kiesweg entlang und versuchte, den Kloß im Haus zu schlucken, der jetzt schon da war. Als er vor Philipps Steintafel stand, wurde ihm klar, dass er vielleicht bereits beim letzten Mal unerwünscht hier gewesen war. Die Toten sahen alles, oder? Dann hatte Philipp zu diesem Zeitpunkt ja schon gewusst, dass er mit Jack rummachte. Also ... war es nichts Neues für ihn, wenn er jetzt vor ihm stand.

Mit einem tiefen Atemzug beruhigte Tavi sein schnell schlagendes Herz.

„Was passiert ist, tut mir leid", sagte er leise zu ihm. „Und ich weiß, dass es kein gutes Zeichen für diese

Freundschaft ist, wenn ich immer nur damit beschäftigt bin, mich für Dinge zu entschuldigen, die ich dir antue." Er hockte sich hin, um den kleinen Strauß aus Margeriten und Kornblumen in eine der Grabvasen zu stellen. „Ich weiß auch nicht, ob ich es nur schlimmer mache, wenn ich es dir zu erklären versuche." Er schniefte. „Es ist echt scheiße, dass du tot bist." Angespannt drückte er die Zeigefinger auf seine Augenwinkel, um die Tränen vom Laufen abzuhalten. „Ich hab das nicht mit Absicht gemacht. Er war einfach da und ich hab mich sofort gut bei ihm gefühlt. Ich wusste ja nicht, wer er ist. Ich hab mir deinen Vater nie so genau angesehen und an seine Stimme habe ich mich auch nicht erinnert. Für mich war er ein Fremder. Ein Fremder, der zu einem Vertrauten wurde. Ich hab mich total fallen gelassen ... etwas, das ich damals nicht konnte, ich weiß." Er kniff die Lippen zusammen. „Ich will nur, dass du weißt, dass ich dir niemals wehtun wollte. Es ... wäre besser gewesen, wenn *ich* in diesem Duschraum ausgerutscht wäre und du hättest weiterleben können. Weißt du, ich hätte gern gesehen, ob du es wirklich schaffst, dir das Violinenspiel selbst beizubringen. Du warst so besessen von dieser Idee. Aber ehrlich, deine Versuche klangen schrecklich. Der Geigenbogen tat mir immer leid. Und dein Mitbewohner."

„Das wusste ich gar nicht." Tavi fuhr zusammen. Jackson stand auf einmal neben ihm, in einen dunklen Mantel gehüllt ... ohne Maske. Tavi öffnete den Mund. „Dass er Violine geübt hat, meine ich."

Tavi wollte fragen, was er hier machte, aber das war überflüssig. Er besuchte seinen Sohn in einer schwierigen Zeit. Allzu verständlich. Tavi klärte seine Kehle mit einem Räuspern. „Ja, er hat sie jemandem abgekauft, der am schwarzen Brett inseriert hatte. Ich schätze mal, er wollte dich damit überraschen, sobald er es konnte."

„Ich wäre wirklich überrascht gewesen. Als er kleiner war, habe ich ihn so oft gefragt, ob er nicht in die Musikschule gehen möchte. Ich hab ihn fast schon gedrängt, weil ich es selbst so bereichernd fand."

„Ich hab ihm geraten, wenigstens bei jemandem vom Campus Unterricht zu nehmen, aber er hat drauf bestanden, es ganz alleine zu lernen. ,Ich werde das älteste Wunderkind der Welt' hat er gesagt." Tavi musste schmunzeln und auch auf Jacksons Gesicht blitzte ein kleines Lächeln auf.

„Für mich war er das sowieso", sagte er leiser und in Tavi regte sich der Wunsch, seine Hand zu nehmen, und ihm Trost zu spenden. Für den Moment waren sie beinahe zwei Freunde, die sich am Grab einer nahestehenden Person trafen. Die letzten Wochen verblassten hinter dem Gefühl, das sie gerade verband. Doch als sie jetzt schwiegen, kamen die Gedanken wieder hoch. Tavi verdrängte sie. Es war nicht der richtige Ort, um über diese Dinge zu reden. Das hier war Phils letzte Ruhestätte.

Er musterte Jack vorsichtig von der Seite. Wie er da stand ... so *echt*. Es war schwierig, Leo und ihn in Einklang miteinander zu bringen. Es gelang ihm nicht.

Die Stille hallte zwischen ihnen.

Vielleicht gab es gar nichts mehr zu reden oder zu klären. Vielleicht wollte er ihn am Ende doch nicht für seine Tat zur Rechenschaft ziehen. Vielleicht reichte ihm die Wahrheit. Und das mit ihnen war wohl ohnehin nur Show gewesen. Tavis Lider sanken ein wenig und er heftete seinen Blick wieder an Philipps Grab. Während er da so stand, glitten seine Hände ganz von selbst in die Jackentaschen und er fing an, den Handschmeichler zu wenden. Das Gefühl des Holzes beruhigte ihn, klärte seine Gedanken.

Jack war hier, weil er auch trauerte, und wahrscheinlich genauso ratlos war wie er. Minutenlang überlegte Tavi, was er sagen konnte, um die Spannung aufzulösen, aber ihm fiel nichts ein.

Schließlich verabschiedete er sich in Gedanken von Philipp und wandte sich zum Gehen.

„Willst du", setzte Jackson an und brachte Tavi damit zum Stoppen. „Willst du vielleicht einen Kaffee trinken gehen?"

*

Er hatte nicht damit gerechnet, Tavi hier zu treffen. Oder ihm überhaupt jemals wieder zu begegnen. Ihn ohne Maske zu sehen und selbst auch keine zu tragen, ließ ihn sich seltsam angreifbar fühlen. Aber es war auch eine Chance.

Es gab einige Dinge, die ausgesprochen werden mussten. Nicht hier, sondern an einem trockenen, warmen Ort. Einem, an dem er Philipps vorwurfsvollen Blick nicht auf den Schultern spürte.

Er glaubte nicht, dass Tavi seine Einladung annehmen würde. Bis er es tat. Ein zögerliches Nicken. Verunsichert und still.

Sie verließen den Friedhof und stapften über die Straße. Tavi blieb neben ihm, folgte stumm dem Weg, den er einschlug.

Seit sie vorhin den Gesprächsfaden verloren hatten, fiel es schwer, einen neuen Anfang zu finden. Vielleicht, weil es zu viele Anfänge gab, oder weil alle auf dasselbe Ende hinauszulaufen schienen.

Sie erreichten den Laden, den er im Sinn gehabt hatte, und Jack trat ein, legte den Mantel ab und setzte sich an einen Tisch. An den Fenstern saßen ein paar junge Frauen und unterhielten sich, und ein älterer Mann stand am Tresen und wartete wohl auf seine Bestellung zum Mitnehmen. Ansonsten war der Laden leer. Bei dem grauen Wolkenvorhang, der heute über der Stadt lag, zog es die Leute nicht so dringend nach draußen.

Tavi setzte sich ihm gegenüber. Er wirkte irgendwie kleiner als sonst. Wahrscheinlich hatte er in den letzten Tagen viele Masken abgelegt.

„Wie geht es dir?", fragte Jack und musterte ihn noch eingehender. Er war immer noch der junge Mann aus dem Club. Mit den dunklen Locken, die ihm gleichzeitig etwas Wildes, aber auch eine gewisse Sanftheit verliehen. Die hellblauen Augen schauten ernst und klar zu ihm, hielten seinem Blick aber nicht lange stand. Sein Gesicht war blass, die Lippen ebenso. „Nicht so gut, aber ... ich denke, es wird mit der Zeit besser." Der Versuch eines Lächelns umspielte den Mund, den Jack in den letzten Wochen so oft geküsst hatte. Obwohl er von Anfang an gewusst hatte, wer sein Gegenüber war, fühlte es sich jetzt anders an, ihn vor sich zu haben. Er fand kein Wort dafür. „Ich versuche, das Gute zu sehen. Die Katze ist aus dem Sack."

Als Tavi sich eine Strähne hinters Ohr schob, fiel Jack wieder das Armband auf, an dem er Tavi damals erkannt hatte.

„Als ich dich in meinem Club entdeckt habe, war das wie eine kalte Dusche", murmelte er. „Dann ergab es auf einmal Sinn für mich ... aber auf eine brutale Art und Weise. Ich war damals schon misstrauisch dir gegenüber. *Das ist einer dieser Homophoben, die selbst schwul sind,* dachte ich. Ich war mir für eine Weile so sicher, dass du ihn umgebracht hast. Und ich wollte an dich herankommen."

Tavis Augenbrauen verzogen sich. „Du hattest recht."

„Nein", sagte Jack. „Es war ein Unfall." Er zwang sich, durchzuatmen. „Es ist, wie die Polizei gesagt hat. Auch, wenn ich das jahrelang nicht glauben wollte. Weißt du, es ... es ist vielleicht einfacher, damit zu leben, wenn man die Schuld auf jemanden schieben kann. Wenn man jemanden dafür hassen kann. Außer sich selbst."

Er tat es immer noch. Nicht die ganze Zeit, aber in vielen Momenten. Seit er Tavis Geständnis hatte, fehlte etwas, das vorher dagewesen war. Etwas, das ihm Halt gegeben hatte. Vielleicht war es die Wut.

Tavi begegnete seinem Blick. Bevor er etwas sagen konnte, kam die Bedienung und nahm ihre Bestellungen auf. Ein frischer, heißer Kaffee würde die ganze Situation ein bisschen besser machen.

„Du hast jedes Recht, mir die Schuld zu geben", sagte Tavi leise. „Wenn ich nicht so ein Schisser gewesen wäre. Wenn ich nicht so eine verdammte Angst gehabt hätte."

Jack schwieg. Er wusste nicht, wer hier wirklich schuld war. Er selbst, weil er Phil nicht davon abgehalten hatte, Tavi näherzukommen. Oder Tavi, weil er ihn geschubst hatte. Oder die Menschen aus Tavis Vergangenheit, die ihm diese Angst eingeflößt hatten. Er wusste nur, dass er wollte, dass der Schmerz aufhörte. Für sie beide.

„Hör zu, ich werde nicht zur Polizei gehen. Alles, was du mir gesagt hast, bleibt unter uns. Ich wollte es. Ich dachte, es würde mir Genugtuung bescheren, aber ich habe schon vor Ende dieser Maskerade gemerkt, dass es nicht funktioniert."

Endlich entspannte sich Tavi ein wenig. Er lehnte sich zu ihm vor und seine Augen wurden größer. „Bist du sicher?"

Jack nickte. „Ich glaube, Philipp wäre ziemlich unglücklich damit. Er hat dich gern gehabt, daran besteht wohl kein Zweifel mehr. Er würde diese

Rache nicht wollen. Ich bin schon zu weit gegangen, an vielen Stellen. Ich habe dein Handy gehackt, deine Bewegungen nachverfolgt, mir deine Kontaktliste zunutze gemacht, dieses Video veröffentlicht ..." Er legte sein Mobiltelefon in die Mitte des Tisches und navigierte zu der Aufnahme von Tavis Geständnis. „Du könntest mich dafür anzeigen. Meinem Club schaden. Das habe ich riskiert." Er tippte auf die Datei und dann auf das Mülleimer-Symbol.

Tavi schaute ihm bei der Löschung zu, aber Jack wusste nicht, ob der junge Mann ihm überhaupt noch vertrauen konnte. Schließlich war es durchaus möglich, dass er eine Kopie von der Aufnahme gemacht hatte. Aber er meinte das hier wirklich ernst. Er wollte damit abschließen.

„Du solltest mal einen ordentlichen Scan machen und das Ding aufräumen ... ich hatte dir via Bluetooth eine Software aufgespielt, mit der ich auf dein Handy zugreifen konnte, ohne es auch nur entsperren zu müssen. Du hast es mir wirklich leicht gemacht."

„Ach so ... ich hab mich schon gefragt ... Ich hab fast immer Bluetooth an, damit ich im Auto meine Musik abspielen kann, ohne groß rummachen zu müssen."

„Das solltest du überdenken."

„Okay." Tavi musterte ihn einen Moment lang nachdenklich und Jack glaubte schon, er würde sich gleich verabschieden. „Ich zeige dich nicht an", sagte er schließlich. „Ich kann das irgendwie verstehen. Du hast für ihn gekämpft. Du hieltest mich für ..."

Es war leicht zu erkennen, dass es wirklich schwer auf ihm lastete. Dass es ihn niemals losgelassen hatte. Wahrscheinlich war das Strafe genug.

Die Kellnerin stellte zwei große Becher Kaffee auf ihren Tisch und Jack sog genüsslich den warmen Duft in sich auf.

„Dein Leben ist durch meine Aktion nicht einfacher geworden. Ich ... würde dir gerne meine Hilfe anbieten. Wenn du etwas brauchst. Vielleicht können wir so etwas wie Freunde werden."

Tavi schnaufte leise und betastete den Kaffeebecher mit den Fingerspitzen. Er schien ihm noch zu heiß zu sein. „Ich könnte wirklich einen Freund brauchen." Die blauen Augen fanden seine und es schien, als würden sie etwas von ihrem Leuchten zurückgewinnen. Der Anblick bewegte etwas in Jacksons Herz. Vielleicht war das der erste Schritt zu etwas Frieden.

KAPITEL 3

DER KAFFEE WÄRMTE sein Inneres und irgendwie brach er auch die Eisschicht zwischen ihnen beiden. Es wurde einfacher für ihn, Jackson anzusehen und nicht die ganze Zeit *Leo* zu denken.

Seine Augen waren noch dieselben. Sein Mund, sein Kinn, seine Haare. Die schöne, tiefe Stimme. Wie oft hatte er sich ausgemalt, dass sie sich einmal draußen, im echten Leben, treffen würden. Auf ein Date. So ähnlich wie hier, nur weniger ernst und belastet. Wunschträume. Er hatte sich schon wieder in jemanden verliebt, den es gar nicht gab. So ähnlich wie bei Eli. Vielleicht hatte das ja seinen Grund. Vielleicht hängte er sich unterbewusst immer an solche Männer, weil es dann niemals ernst werden konnte?

Dass Jack nicht mehr vorhatte, den Fall neu aufzurollen, erleichterte ihn. Damit verschwand ein großes Problem von der Liste. Eine weitere Angst. Er musste nun nur noch mit den Dingen klarkommen, die schon passiert waren und sich nicht mehr mit düsteren Zukunftsvisionen herumschlagen. Vielleicht wurde ganz bald alles besser. Wenn Jackson ihm irgendwie vergeben konnte, dass er für den Tod seines Sohnes verantwortlich war ... vielleicht konnte Eli dann auch irgendwann vergessen, wie sehr er ihn beschämt hatte.

„Gibt es noch mehr von seinem Studentenleben?", fragte Jackson. „Ich will dich damit nicht nerven. Es ist nur ... ich bin für jede Erinnerung dankbar. Seit ich weiß, was wirklich passiert ist, kommt es mir so vor, als wäre er ein zweites Mal gegangen."

Tavi nickte eifrig und trank noch einen Schluck, bevor er zum Erzählen ansetzte. Jacksons Trauer zu erahnen, ließ ihm die Kehle eng werden, aber er kämpfte tapfer dagegen und suchte in seinem Kopf nach den besten Anekdoten.

Die ersten Sachen, die ihm einfielen, drehten sich um sie beide und ihre Annäherung. Um verstohlene Blicke, zaghafte Küsse und das verrückte Flattern in seiner Brust, wenn sich ihre Hände berührten. Das waren Dinge, die er Jack nicht erzählen wollte. Er suchte nach etwas Heiterem, das unverfänglich war und erzählte schließlich von der Sache mit der Theatergruppe.

„Ich fand die Idee von Anfang an doof, aber Philipp wollte unbedingt, dass wir vorsprechen und sah uns wahrscheinlich schon als große Bühnenstars. Er meinte, wir kommen auf jeden Fall in die Gruppe, weil ich ja eh gut schauspielern könne ... womit er nicht ganz falsch lag. Überraschenderweise wollten die mich nicht – aber ihn schon." Tavi schmunzelte, als er Philipps Freudentanz vor sich sah. „Er hat sich übelst gefreut und mich tagelang damit aufgezogen, dass er doch der bessere Schauspieler sei. Aber irgendwann schlief das Thema wieder ein und ich war ganz froh drum, dass er mich damit in Ruhe ließ." Tavi nippte an seinem Kaffee. „Als ich dann irgendwann doch nochmal nachgefragt habe, hat er rumgedruckst und mir gesagt, er sei nicht mehr in der Gruppe." Er schnaufte amüsiert. „Sie hatten ihm als erste Rolle die eines Steins zugedacht. Na ja, das war nicht, was er sich vorgestellt hatte."

„Davon hat er mir nicht erzählt."

„Du hast doch beim Theater gearbeitet, oder? Kein Wunder, es war ihm ja schon vor mir peinlich. Aber ehrlich: Für welches Stück braucht man denn jemanden, der einen Stein spielt? Gibt es dafür nicht das Bühnenbild oder Dekoration oder so?"

Jacks Miene sah nicht mehr ganz so bedrückt aus. Er hatte eine Hand um die Kaffeetasse geschlungen, mit der anderen gestikulierte er, während er sprach.

„Es gibt Stücke mit solchen Rollen, aber die meisten sind doch eher etwas ... experimentell. Vielleicht wollten sie nur testen, wie ernst es ihm ist?"

„Du meinst, ob er den *felsenfesten* Willen hat, bei ihnen mitzuspielen? Kann sein. Ich war ja dafür, dass wir uns die Aufführung, in der er dabei gewesen wäre, wenigstens ansehen, aber er wollte nicht." Er seufzte. „Wenn er das durchgezogen hätte, hätte ich mir vielleicht das Lachen verkneifen müssen, aber ich wäre definitiv zur Vorstellung gekommen und hätte für ihn applaudiert."

„Ich hätte es auch gern gesehen. Aber wahrscheinlich wäre ich auch eher froh gewesen, wenn er die Gruppe dann wieder verlassen hätte. Es gab ja schon so eine Phase, in der er Schauspieler werden wollte. Ich war immer froh, wenn er sich wieder etwas anderem zugewandt hat. Das ist ein sehr wechselhafter, unsicherer Job und wahrscheinlich hätte mein Name ihm auf diesem Pflaster eher geschadet als genützt. Ich habe ihm angemerkt, dass er sich oft im Schatten anderer gesehen hat, bei dir anfangs auch. Das erste Mal, als er von dir berichtet hat, ging es darum, dass du der Beste in irgendeiner Prüfung warst und einen guten Draht zu seinem Lieblingsprof hast."

„Anderson? Ach herrje." Tavi lachte. „Ich hab natürlich versucht, meinen antrainierten Charme auch auf der Uni einzusetzen. Bei manchen hat es es *zu gut* funktioniert, fürchte ich. Anderson hätte mich am liebsten adoptiert, glaube ich. Das war mir selbst unangenehm."

„Was hat er gemacht?"

„Wenn ich nach der Vorlesung eine Frage hatte, artete die Antwort direkt in lange, philosophische Vorträge über das Leben aus. Beim ersten Mal hat er gefragt, ob wir das bei einem Tee weiter erläutern wollen und ich ließ mich aus Höflichkeit darauf ein. Mein ganzer Tag war im Arsch, weil sich einfach kein günstiger Moment ergeben hat, um sich zu verabschieden. Ich meine, er hat sich nicht an mich rangemacht, oder so, aber er war wirklich sehr ... einnehmend. Und er hat auch mehrmals gesagt, dass er wünschte, seine Tochter wäre ein bisschen mehr wie ich."

Jack schüttelte den Kopf.

„Ich hab also nach den Vorlesungen keine Fragen mehr gestellt ... und wenn ich eine hatte, habe ich jemand anderen gebeten."

„Gute Strategie." Jacks Mundwinkel hoben sich ein Stückchen und die erneute Stille zwischen ihnen wog nicht mehr so schwer wie vorhin.

„Sag mal ... jetzt wo ich dich ohne Maske so nah vor mir habe, frage ich mich die ganze Zeit, wie alt du bist. Ich meine, Phil war nicht ganz ein Jahr jünger als ich ..."

„Ich bin 38."

Tavi runzelte die Stirn und rechnete im Kopf nach. Jackson musste selbst noch fast ein Kind gewesen sein, als Phil zur Welt gekommen war. Das passte zu seinem recht jungen Aussehen, aber ...

„Ich war 13", sagte er, als könne er seine Gedanken an seinen Augen ablesen. „Es war verdammt früh und ein Versehen. Sie war auch nicht älter. Wir waren frühreif ... neugierig ... sie hatte extra Kondome für mich besorgt. Aber etwas muss schiefgegangen sein, ohne dass wir es realisierten."

Tavi schüttelte ungläubig den Kopf. Er war Mitte zwanzig und konnte sich kaum vorstellen, ein eigenes Kind zu haben und versorgen zu müssen.

„Und dann?"

„Wir hatten eine Weile keinen Kontakt, und ich dachte mir auch nichts weiter. Dann erfuhr ich, dass sie ins Krankenhaus musste und darauf, dass ich Vater war. Das war schon ein Schock." Jack lächelte, obwohl sich diese Nachricht damals bestimmt wie ein Erdbeben angefühlt hatte.

„Das glaube ich."

„Die ersten zwei Jahre lebte er bei ihr und ihrer Familie und ich durfte ihn ab und an sehen. Als ich gerade 16 war, verunglückten sie auf einem Wochenendtrip. Philipp überlebte und ich tat alles dafür, ihn zu mir zu holen. Meine Eltern waren nicht begeistert – von Anfang an schon nicht –, aber sie hatten wohl auch Mitleid mit ihm. Es war ein harter Umbruch. Vorher hatte ich mein normales Teenie-Leben weitergelebt, und musste jetzt von einem Tag auf den anderen wirklich Vater sein."

Tavi nickte verstehend. Das Bild, das er die ganze Zeit von Leo im Kopf gehabt hatte, wandelte sich. Keine missglückte Ehe, kein Doppelleben. Jack schien sowohl Männer als auch Frauen zu mögen und verheiratet war er anscheinend auch nicht. Alles war ganz anders. Philipp hatte nie davon erzählt und auf den Familienfeiern war Tavi nichts aufgefallen. Er hatte auf ganz andere Dinge geachtet.

„Du hast sehr viel Verantwortung getragen. Du musstest bestimmt eine ganze Menge Zeug gleichzeitig jonglieren. Du gingst ja noch zu Schule, oder?"

Jack nickte. Sein Blick glitt weit in die Ferne und Tavi fiel erneut auf, wie tief diese Augen waren. Kein Wunder ... es steckte so viel in diesem Mann. Viel mehr als er erwartet hatte.

„Ich dachte mehrmals, ich schaff's nicht. Ich war vorher schon nicht der beste Schüler. Aber ich wollte auch nicht die Schule abbrechen. Immerhin wollte ich ja auch für ihn sorgen können. Ich hab mich durchgekämpft. Kein Fußball mehr nach der Schule, keine Partys, und so weiter. Ich habe abwechselnd gelernt und mich um Philipp gekümmert. Dazwischen habe ich eigentlich nur geschlafen, gegessen und geduscht." Ein kleines Lächeln umspielte seine Mundwinkel.

„Warum haben sich deine Eltern da so rausgehalten? Ich meine, es war doch ihr Enkel."

„Sie waren keine Familienmenschen. Schon zuvor nicht."

„Aber du dafür umso mehr." Tavi hatte das Gefühl, jetzt noch besser zu verstehen, was Jackson angetrieben hatte. Sicher, jeder Vater hatte eine Bindung zu seinem Kind, aber Jack und Phil hatte ein besonders enges Band miteinander verknüpft. „Du hast alles für ihn gegeben. Er konnte wirklich froh sein, dich zu haben. Und ich denke, das war er auch."

„Was hat er von seiner Familie erzählt? Wie hat er sie dargestellt?", fragte Jackson und winkte die Kellnerin heran, um ein Stück Kuchen zu bestellen.

Die belastende Atmosphäre vom Anfang ihres Gesprächs war verflogen und so langsam fühlte er sich wirklich an als ... ja, als würde er einem Freund gegenübersitzen. Einem, den er lange nicht gesehen hatte.

„Er hat nicht viel erzählt. Nur von seiner grimmigen Großmutter, und dass sein Dad Regisseur ist. Er war stolz auf dich, glaube ich. Manchmal hat er mit den Augen gerollt, aber das war für mich nur ein Zeichen für eine intakte Vater-Sohn-Beziehung." Tavi neigte den Kopf zur Seite. „Ich hab ihn ein bisschen beneidet, weil er so viele Freiheiten hatte. Er konnte einfach sein, wer er war. Während ich das Gefühl hatte, dass meine Eltern nur ein ganz bestimmtes Bild von mir akzeptierten. Aber ... irgendwie habe ich selbst das ja übernommen."

„Ich habe dir das ja schon im Club gesagt, aber ich sage es dir jetzt nochmal hier draußen: Eltern sollten ihr Kind immer lieben, egal, was es tut, egal welchen Weg es einschlägt. Bedingungslos.

Viele scheinen das zu vergessen, sobald es kein Baby mehr ist."

„Vielleicht, weil wir dann aufhören, niedlich zu sein."

Jack öffnete den Mund für eine Erwiderung, schloss ihn wieder und sagte dann: „Ich denke eher, dass es daran liegt, dass sie anfangen, eigene Entscheidungen zu treffen."

„Eigene Entscheidungen treffen ist erst mal ziemlich cool. Bis man merkt, dass das auch zu eigenen Konsequenzen führt. Und wenn es nur ist, dass man die Haare lang wachsen lässt, statt sie wie alle anderen Jungs in der Klasse kurz zu tragen."

Die Kellnerin stellte ein ziemlich saftig aussehendes Stück Schokoladenkuchen vor Jackson ab.

„Ich dachte nicht, dass die Stücke so groß sind. Na ja, das Gute an Kuchen ist, dass die schlimmste Konsequenz aus ein paar zusätzlichen Sporteinheiten besteht", sagte Jack und nahm die kleine Gabel in die Hand, die neben seinem Teller lag. Dann deutete er auf Tavis. „Willst du dir eine Ecke abschneiden?"

KAPITEL 4

SEIT DEM TREFFEN mit Tavi fühlte er sich etwas besser. Die Wunde in seinem Inneren, die durch ihr Spiel aufgerissen worden war und frisch geblutet hatte, schien heilen zu wollen. Es hatte ihm geholfen, mit Tavi über Phil zu reden. Es hatte ihm ein bisschen emotionale Last abgenommen.

Er fühlte sich immer noch traurig und als ob ein großer Teil von ihm fehlte, aber die zerfetzten Kanten dieses Risses brannten nicht mehr so stark wie am Anfang.

Leider ließ ihm das Leben keine Zeit, um sich umfassender mit dieser Heilung zu beschäftigen, denn der Club stand immer noch im Interesse der Lokalzeitung. Jack verzog den Mund, als er die Überschrift las. *Trügerische Sicherheit für Besucher: Videomaterial aus dem Maskenclub geleakt.*

Daran war er selbst schuld. Das Video, das er von Tavi in Umlauf gebracht hatte, hatte seine Kreise gezogen. Und natürlich war es keine gute Werbung für seinen Club, dass Überwachungsvideos an die Öffentlichkeit gelangten. Dass er selbst dafür gesorgt hatte, wusste niemand außer Tavi. Also behauptete er vor den Journalisten, dass es private Aufnahmen sein mussten, und als Konsequenz noch peniblere Kontrollen durchgeführt wurden, damit das nicht mehr vorkam.

Am Abend wollte er sich selbst ein Bild von der Lage machen und mischte sich unters Volk. Tatsächlich waren es weniger Besucher als anfangs und man musste schon eine Weile suchen, bis man irgendwo ein Pärchen fand, bei dem es zur Sache ging. Die Leute waren vorsichtiger geworden. Hoffentlich wurden sie wieder mutiger, wenn Gras über die Sache wuchs.

Jack schritt durch die Gänge und inspizierte in Ruhe alle seine Zimmer. In einigen verweilte er länger als in anderen, und in manchen sah er sich und Tavi reden, Klavierspielen oder rummachen. Es war ein befremdliches Gefühl, nun wieder hier zu sein und dieselbe Maske zu tragen. Er fühlte sich nicht mehr wie ein Gast. Nicht mehr als könne er einer von ihnen sein. Eben, weil er wusste, dass Tavi nicht mehr herkommen würde.

Das Theater war leer, als er eintrat. Das war ein kleiner Schock, denn eigentlich hatte er gerade hier mit einer größeren Gruppe gerechnet. Zweifelnd schaute er sich um. Die Bühne, die Vorhänge, der Teppich, die Tapeten, die hübschen Säulen ... er hatte das hier mit viel Herzblut und vor allem viel Geld gestaltet. Es so leer daliegen zu sehen, erzeugte ein schlechtes Gefühl im Magen.

So konnte es nicht bleiben.

Jack setzte sich in die erste Reihe und betrachtete die Bühne, als würde dort gerade eine Aufführung laufen. Er wollte über Wege nachdenken, die Leute wieder anzulocken, aber er kam nicht weit, denn bald hörte er Schritte hinter sich und ein Mann ließ sich neben ihm nieder.

Er trug eine weiße Maske, die sich bei näherem Hinsehen als Katze entpuppte, aber das schien nicht richtig zu passen. Es dauerte einen Moment, bis Jack erkannte, woran das lag: Diese Augen hatte er schon hinter einer anderen gesehen. Hinter einer weißen Hasenmaske.

„Was machst du hier? Willst du nochmal versuchen, mich zu vergiften oder soll ich direkt die Polizei rufen?"

„Du rufst die Polizei nicht. Hast du ja auch damals nicht. Eine Ermittlung wegen eines Mordversuchs in deinem Club willst du nicht." Er lachte leise. „Aber ich bin auch nicht hier, um dir was zu tun. Ich will eigentlich nur zuschauen."

„Es gibt heute keine Vorstellung."

„Oh, doch. Der Club geht zugrunde. Es macht Spaß, sich das anzusehen."

Jacksons Augen verengten sich. „Wer bist du?"

„Arschlöcher wie du erinnern sich nie an ihre Opfer."

Wie bitte? Opfer? Wem hatte er denn etwas getan? Jackson starrte in die fremden Augen hinter der Maske und suchte in seinen Erinnerungen nach einem Bild, das dazu passte. Und nach einer Situation, in der er jemand anderem so sehr geschadet hatte, dass der sich rächen wollen würde.

War er jemand vom Theater? Ein Schauspieler, der eine Rolle nicht bekommen hatte? Nun, das waren keine Entscheidungen gewesen, die er allein traf. Die Stimme des Mannes kam ihm auch nicht bekannt vor.

„Du erinnerst dich wirklich nicht, was?" Der Typ lachte rasselnd. „Na, bestimmt wird es dir einfallen, wenn du nachher in deiner Gästeliste nachsiehst und über meinen Namen stolperst. Aber das wird nichts ändern. Was passieren soll, passiert."

Es beunruhigte ihn, dass der Kerl wie ein Psychopath redete.

„Was soll denn passieren?"

Der Blick hinter der Maske wurde stechend. So viel Hass hatte Jack noch nie entgegen gestarrt. Einen Moment lang war er sprachlos.

„Ich will, dass du alles verlierst, was du hast. Alles, was dir wichtig ist. Deinen Traumjob bist du ja schon losgeworden. Aber das reicht nicht. Ich will auch, dass der Club zugrunde geht, und glaub mir, ich werde weiter dafür arbeiten."

Der Kerl meinte das ernst. Diese Worte kamen aus tiefster Seele – das spürte Jack, auch wenn er nicht wusste, womit er sie sich verdiente. Immer mehr Fragen taten sich auf. Hatte der Fremde irgendetwas mit seiner Ablösung beim Theater zu tun? Oder hatte er das nur mit aufgezählt, weil es ihm gefiel? Eine ganz neue Wut regte sich in ihm.

„Ich verstehe nicht, worum es hier geht."

„Musst du ja auch nicht. Genieß einfach die Show. Das tue ich auch."

Später am Abend ging Jack die Liste der heutigen Besucher durch. Seit sie das Mitgliedschaftssystem eingeführt hatten, konnte er alle identifizieren. In der Liste standen zwar nur ihre Nummern, aber in einer anderen Liste gab es zu jeder Nummer einen Datensatz mit allen wichtigen Infos.

Es war mühsam, sämtliche Männer durchzusehen, aber da der Andrang heute eher niedrig gewesen war, kam er bald ans Ende der Liste. Ein Nachname ließ ihn stutzen.

Toby MacMillan.

MacMillan.

Als es kurz nach dem Abendessen läutete, stand er vom Esstisch seiner Familie auf und ging zur Tür. Jackson war müde, aber der Tag noch nicht vorbei und ehrlich gesagt war Müdigkeit momentan sowieso der Normalzustand.

„Hallo Jackson, wie geht es dir?" Frau MacMillan lächelte ihn mit ihrem freundlichen Lehrerinnenlächeln an. Es gab ihm ein bisschen Energie zurück.

Er bat sie herein und nahm sie mit in sein Zimmer. Sie mussten leise sein, weil Philipp gerade schlief. Jack knipste die Schreibtischlampe wieder an und schlug den Hefter auf.

Frau MacMillan stand dicht neben ihm und blätterte die richtige Seite im Lehrbuch auf. „Bist du gut damit klargekommen?", fragte sie mit gedämpfter Stimme. „Ich hatte den Eindruck, dass du im Unterricht nicht ganz folgen konntest." Jack schüttelte den Kopf. „Nein, das stimmt. Ich hab alles durcheinander gebracht." Er fuhr mit dem Zeigefinger über die Zeilen, die er geschrieben hatte. Diese dummen Ableitungen und Analysen würde er niemals richtig durchschauen. „Bis hierhin geht es noch, aber danach habe ich keine Ahnung mehr, was ich machen muss. Ich hab einfach nur von der Tafel abgeschrieben und war froh, dass ich nicht drankam."

„Wenn du das nicht verstehst, wirst du den Anschluss verlieren, Jack. Das sind die Grundlagen für den nächsten Schritt."

„Ich weiß", murmelte er. „Ich versuche ja, es in meinen Schädel zu kriegen."

„Okay, leg hier was drauf und dann fang diese Aufgabe nochmal an. Sag mir, was du gerade denkst, dann kann ich nachvollziehen, wo es stockt."

Jack nickte, legte ein Heft auf den oberen Teil der Seite, damit er nicht abschauen konnte, und schrieb die Ausgangsgleichung auf das Papier.

Mathematik war nie sein Lieblingsfach gewesen. Naturwissenschaften waren okay, aber noch lieber mochte er eigentlich alles, was in irgendeiner Weise mit Kunst zu tun hatte. Nicht vorrangig das Malen oder Musik, sondern vor allem Geschichten und deren Analyse. Bei der Mathematik fehlte ihm irgendwie der Freiraum. Zahlen waren so fantasielos.

Aber er musste lernen, sie zu beherrschen, wenn er einen guten Abschluss haben wollte. Danach konnte er sie immer *noch für den Rest seines Lebens ignorieren. Also büffelte er unter Frau MacMillans Anleitung und er war wirklich dankbar für ihre Geduld. Wieder und wieder erklärte sie ihm die Schritte, die er falsch machte, baute ihm Eselsbrücken und half ihm zwischendurch mit Phil, wenn er aufwachte. Manchmal sang sie ihm ein Lied vor und Jacks Herz wurde schwer bei dem Gedanken, dass sein Sohn ohne die Liebe einer Mutter aufwachsen würde. Aber es machte ihn auch entschlossener. Entschlossener, ihm alles zu geben, was er konnte.*

Wenn er allein war, sang er dieselben Lieder für Phil.

„Ich weiß nicht, wie ich Ihnen danken soll", sagte er fast jeden Abend, wenn Frau MacMillan wieder ging und es schon so spät war, dass der Mond hoch am Himmel über der Wohnsiedlung stand.

„Gib einfach weiterhin dein Bestes. Für dich und für ihn."

Stirnrunzelnd saß Jack da und starrte den Namen auf dem Papier an. Sicher, es hatte ein paar dumme Sprüche in der Schule gegeben – die bekam Toby als Sohn einer Lehrerin sowieso – aber er hatte ihm nie etwas getan.

Oder?

Er stieß den Atem aus. Irgendetwas musste da ja sein, wenn Toby so einen Hass auf ihn hatte. Er würde noch ein bisschen tiefer graben müssen, denn wenn er eines wusste, dann, dass Hass und Rachegefühle einen Mann sehr schnell dazu bringen konnten, Dinge kaputtzumachen.

47

KAPITEL 5

TAVI HASSTE DIE Anspannung, die wie ein beißender Geruch in Perkins' Büro hing und ihn mit jedem Atemzug mehr und mehr durchdrang. Er zwang sich, ruhig zu bleiben, aber seine linke Hand wendete unaufhörlich den Schmeichler, während die andere so tat, als sei er nicht nervös.

„Ich spreche ganz offen mit dir Tavi: So wie die Stimmung aktuell ist, kann ich dich kein Team leiten lassen." Perkins nahm die Brille ab und polierte sie eifrig mit einem Tuch. „Dieser Vorfall hat sehr viel Unruhe in die Firma gebracht. Das wirkt sich auf alle aus. Und das ist nicht gut."

Es hätte ihn nicht gewundert, wenn Perkins ihm direkt seine Unterlagen in die Hand gedrückt hätte. Er verstand, dass er gerade nicht zu einem besseren Klima beitrug. Dennoch schmerzte es, dass man ihm seine Kompetenzen entzog.

„Ich möchte dich und dein Talent nicht verlieren, deswegen empfehle ich dir, dich eine Weile zurückzunehmen."

„Eine Weile ...", wiederholte Tavi. „Und dann kann ich wieder Teamleiter sein?"

„Ich weiß es nicht, aber ich hoffe es."

Das klang zu politisch, um verlässlich zu sein. Gut, sie schmissen ihn nicht raus, aber wenn er jetzt den Rest seiner Karriere damit verbringen musste, möglichst unauffällig neben den anderen her zu arbeiten, ... das war wirklich nicht, was er sich vorstellte.

„Toll", erwiderte er knapp. Ein bisschen half es gerade, dass er nicht mehr seinen Berg aus Masken tragen musste. *Teamleiter Octavius* hätte sich mehr Mühe gegeben, seine Angepisstheit zu verbergen, aber der echte Tavi musste das nicht mehr. „Dann weiß ich Bescheid."

Mit ausdrucksloser Miene verließ er das Büro und schloss die Tür hinter sich.

Als er den Flur entlang trottete, fragte er sich, ob es nicht doch besser wäre, wenn er gleich selbst kündigte. Die nächsten Wochen über jeden Tag mit der Frage hierherzukommen, wann er wieder normal seinen Job machen konnte, sich in jedem Meeting im Hintergrund zu halten, keine Ideen mehr zu präsentieren, sondern nur stumpfe Recherche und Bearbeitung hinter dem Monitor zu machen, war keine angenehme Aussicht. Keine Freiheit.

Aber zu kündigen wäre auch wieder die Reaktion eines Schwächlings, oder? Weglaufen, wenn es schwierig wurde ... Eigentlich durfte er das nicht. Genervt schüttelte er den Kopf.

Sein Gedankenkarussell drehte sich bis zum Feierabend. Er fuhr allein im Fahrstuhl und als er unten im Foyer ankam, stand die Clique beisammen und diskutierte gerade, wo sie sich heute treffen wollten. Als er näher kam, trafen ihn Blicke und alle stoben auseinander wie Tauben auf dem Bahnsteig.

Niemand sprach ihn an, niemand lud ihn ein. Er war nur eine Störung. Ein durchfahrender Zug.

Tavi marschierte zum Ausgang und hörte hinter sich, wie das Gespräch zögerlich weiterging. Wahnsinn, wie schnell man vom Menschenmagnet zum Aussätzigen werden konnte.

Obwohl nicht alle auf der Hochzeit oder in seiner Kontaktliste gewesen waren, kannten ohne Zweifel alle längst das Video. Und sicherlich war es nicht dabei geblieben. Er wusste doch, wie das lief. Es war wie bei einer guten Werbung. Einer erzählte es weiter, und der auch wieder, und während die Botschaft die Runde machte, wurde sie immer größer und krasser. Bestimmt entspannen sich bereits wilde Gerüchte über weitere Schandtaten. Es hätte ihn nicht gewundert, wenn manche gar an eine Affäre zwischen ihm und Perkins glaubten, der immerhin viel für seine Karriere getan hatte.

Die Gerüchte, die er sich gerade selbst ausdachte, wurden immer bunter, sodass Tavi gar nicht die Schritte hinter sich bemerkte. Erst, als ihn jemand an der Schulter berührte, wurde ihm bewusst, dass er etwas gehört hatte.

„Hey du."

Es war ausgerechnet Eli, der neben ihm auftauchte. Er kam ihm vor wie ein Geist. Sein Gesicht leuchtete im Licht einer Reklametafel. Tavi blieb stehen und schaute ihn verwundert an. „Was ist?"

„Ich weiß, dass wir reden müssen, und dass du wahrscheinlich schon länger einiges loswerden wolltest, aber ich war noch nicht bereit. Jetzt bin ich es."

Tavi blinzelte ein paar Mal, ehe er nickte. „Wollen wir irgendwo hingehen?"

„Wenn es dir nichts ausmacht, würde ich gerne einfach ein paar Schritte mit dir gehen. Die Luft tut meinem Kopf echt gut."

„Wie du möchtest."

Eli war dicht neben ihm. Zumindest Berührungsängste schien er keine zu haben. Obwohl er einigermaßen locker und normal wirkte, wollte Tavi ihn nicht direkt ansehen.

„An den Tagen vor der Hochzeit wolltest du es mir sagen, oder? Und ich hab dir keine Gelegenheit gelassen." Elis verständnisvolles Lächeln machte ihn fertig. „Ich bin die letzte Zeit so oft im Kopf durchgegangen und da habe ich es gemerkt. Du wolltest reinen Tisch machen, bevor ich in diesen neuen Lebensabschnitt gehe."

Elis Schluss war nicht auf jeder Ebene ganz richtig, aber im Kern stimmte sie. „Ja, ich wollte es dir sagen."

„Ich hab nichts davon geahnt. Die ganze Zeit nicht. Nicht, dass du schwul bist und auch nicht, dass du mehr in mir gesehen hast als einen Kumpel. Es war ... schon ein ganz schöner Schock."

„Vor allem die Präsentation, hm?" Tavi wusste nicht, woher der Humor kam, aber er konnte nicht anders, als einen Scherz darüber zu machen.

„Ja, die war ein Knaller. Wer schickt denn solche Videos rum? Das frage ich mich die ganze Zeit. Zusätzlich zu hundert anderen Dingen."

„Jemand aus meiner Vergangenheit."

„Du, ich hab das Gefühl, dass es sehr viel gibt, das ich über dich gar nicht weiß."

Tavi nickte. „Das ist so. Und es tut mir leid, dass ich so wenig Vertrauen hatte."

„Es könnte holprig werden, aber ich würde das gerne ändern, wenn du das auch möchtest. Ich vermisse unsere Freundschaft, auch wenn sie offensichtlich ihre Schwächen hatte."

„Ich hab dir mehr erzählt als jedem anderen", sagte Tavi und sah ihn nun doch an. „Du warst mein engster Vertrauter. Ich hätte mich nur nicht verknallen sollen. Das war dumm. Aber ich bin drüber hinweg, ich ... wäre gerne wieder dein Freund." Er spürte jedes einzelne Wort und das fühlte sich so gut an. Elis vorsichtiges Lächeln auch.

„Okay, dann ... ich bin jetzt erst mal in den Flitterwochen. Aber danach sollten wir miteinander reden und schauen, ob wir das hinbekommen."

Tavi hätte ihm am liebsten hier und jetzt schon sein Herz ausgeschüttet, aber er nickte nur und sagte: „Lass uns das machen."

Eli hob eine Hand zum Gruß und joggte über die Kreuzung zur Bushaltestelle. Es war wohl noch zu früh für eine Umarmung, aber zumindest fühlte es sich jetzt nicht mehr unmöglich an, dass sie wieder Freunde werden würden.

Es gab einiges zu erklären und Eli verdiente nichts mehr, als sich jetzt etwas Zeit für seine frische Ehe zu nehmen, weit weg von hier, wo ja auch er zum Ziel komischer Blicke und dummer Fragen wurde. Wenn er wiederkam, würden sie über alles reden.

Zeit heilte nicht alle Wunden, das wusste Tavi sowieso. Aber sie machte manche Dinge leichter, weil sie Abstand schuf.

Er sollte nicht so ungeduldig sein, aber schon auf dem Weg nach Hause stellte er sich ihr Gespräch vor. Die Fragen, die Eli an ihn haben würde. Und die Antworten, die er ihm gab. Wie ehrlich konnte er sein? Diese ganze Erpressungssache mit Jack. Philipps Tod. Es gab so viel, das damit zusammenhing.

Nein, es war wirklich besser, dass sie das nicht heute besprachen. Er musste sich darauf vorbereiten. Auch wenn er sich an den Scherben, in die sein Leben zerbrochen war, nicht mehr schnitt, war es immer noch ein langer Weg dahin, sie wieder zusammensetzen.

An dem Kiosk in seiner Straße blieb er stehen. Es war sicher nicht die schlechteste Idee, ein paar Stellenanzeigen zu lesen. Er kaufte die Regionalzeitung und ein Anzeigenblatt und ging dann endlich heim.

Seine Wohnung empfing ihn mit der gewohnten Stille. Sie war immer noch sein Zufluchtsort, aber kein Geheimversteck mehr, in dem er seine Maske ablegte. Diese Zeiten waren vorbei. Die eine Maske, die symbolisch für alle anderen stand, hing an seinem Spiegel im Schlafzimmer. Es war die, die sein Opa gemacht hatte. Sie war zu schade zum Wegwerfen, auch wenn die Erinnerungen schmerzten, die an ihr hafteten.

Er machte sich Reste in der Mikrowelle warm und dachte an Jack. An sein Angebot, dass er sein Freund sein könnte. Es fühlte sich immer noch seltsam an. Wie ein Schritt nach vorne, weil es irgendwie bedeutete, dass er ihm wirklich vergeben wollte. Aber auch wie ein wahnsinnig großer Schritt zurück, denn ... Jack und er waren sich doch schon so viel näher gewesen.

So nahe, dass er sich an ihm verbrannt hatte.

Mehrmals. Und irgendwo in ihm glomm noch immer die Asche. Ein Therapeut hätte ihm wahrscheinlich gesagt, dass er sich deswegen nicht schuldig oder schlecht fühlen sollte.

„Die Geschichte wiederholt sich, hm?", sagte er zu sich selbst. Warum verliebte er sich eigentlich immer in die falschen Typen? In die verbotenen?

Mit einem Teller aufgewärmter Reispfanne setzte er sich an den Küchentisch und faltete die Zeitung auf. Er wollte sich mit den Nachrichten ablenken, aber es fiel ihm schwer, die Gedanken an Jack zu verdrängen, sobald er sie einmal zugelassen hatte.

Vielleicht lag es auch an der Uhrzeit, denn in den letzten Wochen hatte er sich genau jetzt für seinen Ausflug in den Maskenclub fertig gemacht. Um Leo zu treffen.

Du könntest immer noch in den Club, sagte die freche Stimme in seinem Kopf. *Du kannst ohne Angst mit allen ficken, die du haben willst. Du kannst auch in jeden anderen Club gehen, in dem man dein Gesicht sieht.*

Ja, das konnte er. Er hatte jetzt diese Freiheit. Er musste nicht mehr verborgen bleiben und sich hinter seinem Monitor verstecken. Er konnte jetzt mehr haben als Pornos. Und er sollte es sich nehmen.

Kapitel 6

EIGENTLICH HATTE ER sich das nach so einem Tag verdient. Einfach rausgehen, in die Nacht abtauchen und sich in die Arme eines attraktiven Typen werfen. Für eine Weile alles vergessen, was gerade blöd lief.

Der Gedanke wuchs in seinem Kopf und der Plan stand schon beinahe fest, als sein Blick eine Schlagzeile streifte, die seine Aufmerksamkeit auf sich zog.

Trügerische Sicherheit für Besucher: Videomaterial aus dem Maskenclub geleakt.

In dem Artikel ging es um ihn ... was schon irritierend war, weil er niemandem ein Interview dazu gegeben hatte. Die Informationen stimmten. In dem Text wurde eine Hochzeitsfeier erwähnt und ein Video, das die Runde machte. Der Klatsch verbreitete sich.

Fraglich ist, ob die Besucher des exklusiven Clubs, der explizit damit wirbt, ihre Anonymität zu wahren, nach diesem Vorfall die Masken nicht an den Nagel hängen.

Tavi runzelte die Stirn. In einem weiteren kleinen Absatz klang es förmlich danach, als wolle der Autor den Club noch weiter schlechtreden. Da war von laschen Sicherheitsregeln die Rede, von einem undurchdachten Konzept und einem unerfahrenen Betreiber. Das Fazit war schließlich, dass die Erfahrung den Besuch kaum wert sei.

„Wow", murmelte Tavi und strich über das Foto, das dem Artikel beigefügt war. Ein Screenshot aus dem Video, auf dem man zum Glück nicht wirklich viel erkannte.

Trotzdem, dieser Text war ... feindselig und das machte ihn wütend. Der Club war großartig. Die Idee dahinter toll. Und dass Kamerabilder geleakt worden waren ... nun, das war gewissermaßen Absicht gewesen und keine Lücke im System, aber das konnte Jackson natürlich auch niemandem sagen. Er musste ja geahnt haben, dass so etwas wie das hier passieren konnte, und war das Risiko eingegangen.

Tavi stieß den Atem aus.

Ihm gefiel das nicht. Es ging dabei gar nicht um das, was ihm passiert war. Es ging um dieses Schlechtmachen eines Ortes, der wirklich wertvoll war. Bestimmt nicht nur für ihn. Die Leute durften das Vertrauen nicht verlieren.

Tavi stand auf, räumte sein Geschirr in die Spülmaschine und verwarf den eigentlichen Plan für diesen

Abend. Er wollte nicht ausgehen. Er wollte etwas unternehmen.

Sein Puls stieg, als er die passenden Programme auf seinem Computer öffnete. Er hatte alles da. Eine angenehme Wärme breitete sich in ihm aus, als er das Grafiktablet auf den Schoß nahm, und anfing, erste Ideen zu skizzieren.

Er brauchte kein Team leiten, um ein Projekt zu bearbeiten. Nein, er musste dafür nicht einmal im Büro sein. Hier und jetzt konnte er eine ganze Kampagne entwerfen. Was sich da in seinem Kopf formte, war ein riesiger Berg Arbeit aber das machte Tavi keine Angst – im Gegenteil: Es erfüllte ihn mit Vorfreude.

Wer war besser für diesen Auftrag geeignet? Er kannte den Club, er wusste, was ihn so besonders machte, und er konnte Leute ansprechen und begeistern.

„Okay, eins nach dem anderen", sagte er zu sich selbst, um sich etwas zu bremsen. „Was wissen wir über die Zielgruppe?" Tavi fing an, mit sich zu reden, wie er es mit seinem Team getan hätte, und es kam ihm nicht mal seltsam vor. Dafür machte es viel zu viel Spaß.

Er schrieb alles auf, was ihm einfiel, notierte Ideen, entwarf Anzeigenmotive, Pläne für Orte und Uhrzeiten, die für die Ausstrahlung passten, überlegte sich Schlagworte und Slogans.

Die ganze Nacht arbeitete er, speicherte dutzende Dateien in den Projektordner und entwarf immer neue Konzepte, sortierte andere aus, bewertete neu ... und es fühlte sich wahnsinnig gut an. Das hatte ihm gefehlt. Sich so in die Arbeit fallen zu lassen, seiner Kreativität freien Lauf zu lassen – das war das beste Gefühl.

Selbst die Pornos fielen hinten runter, denn am Ende war er so müde, dass er nur noch ins Bett wollte. Kein Wunder, denn ein Blick auf die Uhr verriet, dass es schon halb drei Uhr nachts war.

Beim Aufwachen hatte er die Bilder seiner Anzeigenentwürfe im Kopf und immer noch diese Euphorie in seinen Venen. Tavi rollte sich aus dem Bett, setzte Kaffee auf und ging duschen.

Nur in Boxershorts und mit einem Handtuch um die Schultern setzte er sich wieder an sein Ein-Mann-Projekt für den Club. Was er gestern ganz vergessen hatte, war die Recherche der Mitbewerber. Gab es ähnliche Etablissements und wie sah deren Werbebotschaft aus?

Einen anderen Maskenclub gab es nicht, aber einige BDSM-Clubs mit exklusivem Zugang. Für den Erotik-Sektor hatte er noch nie ein Projekt gestaltet, aber er verstand, wie es funktionierte. Letztendlich sprach man immer Wünsche und Gefühle der Zielgruppe an und Tavi kannte beides ... denn er war selbst Teil davon.

Jacksons Publikum waren Leute, die höhere Ansprüche hatten. Männer, die erlesen ficken wollten sozusagen. Männer, die ein schönes Ambiente zu schätzen wussten, die Abenteuer und Ästhetik mochten. Und natürlich solche, die nicht erkannt werden wollten – sei es für den besonderen Kick, Sex mit einem Unbekannten zu haben, oder aus Angst und Unsicherheit heraus.

Tavi nickte sich selbst zu, als er die Notizen von gestern durchging. Er strich durch, ergänzte, änderte. Bis sein Magen knurrte, weil Kaffee allein ein ziemlich dürftiger Treibstoff für einen zusätzlichen Arbeitstag war.

Unwillig legte Tavi eine Pause ein, um sich ein richtiges Mittagessen zu kochen. Während er Lauch auf seinem Küchenbrett schnitt, spürte er den Drang, zu tanzen. Leise fing er an, zu singen und schwang die Hüften dazu. Kurz darauf nahm er sein Handy und ließ Spotify das mit der Musik übernehmen.

Gut gelaunt kochte und briet er ein Resteessen, das erstaunlich lecker roch.

Als er wenig später vor seinem Teller saß und den ersten Bissen nahm, wusste er auf einmal, dass alles gut werden würde. Selbst die Dinge, die jetzt noch halb in diesem kaputten Chaos versanken, das die letzten Wochen hinterlassen hatten.

Am Ende würde sich alles fügen. Er würde einen Job haben, den alten oder einen neuen. Er würde Freunde haben, alte und neue. Und vielleicht würde er sich nochmal verlieben. Dieses Mal in jemanden, mit dem er auch zusammensein konnte.

Bei Philipp war er zu ängstlich gewesen, nicht bereit für so etwas, nicht stark genug. Bei Eli war es einseitig gewesen, weil der nun mal Frauen mochte und Jackson ... da war es zu kompliziert.

Es hatte Momente gegeben, in denen war er sich sicher gewesen, dass etwas zurückkam, wenn er ihn anschaute. Dass er etwas in seinen Küssen und Berührungen spüren konnte, das mehr versprach als bloße Begierde. Aber am Ende war das nur Teil eines großen Schauspiels gewesen. Und ... selbst wenn nicht – zwischen ihnen war zu viel passiert. Die gemeinsame Vergangenheit, die sie hatten, verbot, dass sie sich so nahekamen. Er konnte nicht den Vater seines toten besten Freundes lieben. Ihn nicht küssen und anfassen wollen. Angefasst werden wollen.

Tavi gab ein genervtes Brummen von sich und wischte sich mit beiden Händen übers Gesicht. So ganz hatte er mit der Sache noch nicht abgeschlossen. Vielleicht hätte er doch ausgehen sollen, um ein bisschen Dampf abzulassen.

Vielleicht heute Abend? Immerhin war Wochenende, und so gut wie er mit der Kampagne für den Maskenclub vorankam, hatte er sich ein bisschen Partymachen auch verdient.

Noch während er den restlichen Tag plante, klingelte sein Handy. Eine Nummer, die er weder eingespeichert hatte, noch kannte, leuchtete auf seinem Display auf.

Eine fremde Männerstimme meldete sich und fragte mit seinem vollen Namen nach ihm. Beinahe reflexhaft musste Tavi schmunzeln.

„Ja, ich bin dran. Mit wem spreche ich denn und worum geht es?"

„Toby MacMillan von der City Post. Entschuldigen Sie, wenn ich so mit der Tür ins Haus falle, aber Sie sind doch der Star in dem Sexvideo, das auf dieser Hochzeit aufgetaucht ist, richtig?"

Tavi schnaufte. Jetzt rief schon die Zeitung bei ihm an. „Wollen Sie ein Autogramm?" Gott, es tat so gut, nicht mehr den dauerhöflichen, superglatten Tavi spielen zu müssen.

„Ich würde mich freuen, wenn Sie mir die ganze Geschichte erzählen könnten. Wie es dazu kam und wie sich das Ganze auf Sie auswirkt. Ich könnte mir vorstellen, dass da einige Steine ins Rollen gekommen sind."

„Es ist viel weniger spannend als Sie wahrscheinlich denken", sagte Tavi. Er wollte wirklich nicht dafür sorgen, dass der Club noch weiter negativ beleuchtet wurde. Am besten war es wahrscheinlich, wenn Sie das Thema einfach ruhen ließen.

„Mein Instinkt sagt mir, dass das nicht stimmt. Hören Sie, es müsste ja nicht zu Ihrem Nachteil sein. Wir können einen Artikel schreiben, der aufzeigt, welche Folgen so ein Fremdouting hat und wie es Ihnen jetzt damit geht. Das könnte Mitgefühl wecken, wo Sie es vielleicht gar nicht vermuten."

Tavi neigte nachdenklich den Kopf. Da war schon was dran, aber ehrlich gesagt wollte er das trotzdem nicht. Er kam schon damit klar. Und wenn er erst einmal anfing, darüber zu reden, dann würden sie alles aus ihm herausholen. Die ganze Geschichte mit Jacksons Plan und seiner eigenen Vergangenheit. Solche Leute witterten krasse Storys doch von Weitem. Es war am besten, wenn er sich so weit wie möglich von ihnen fernhielt.

„Das klingt sehr freundlich, aber ich möchte wirklich lieber mit der Sache abschließen, als sie noch weiter in die Öffentlichkeit zu tragen. Das verstehen Sie sicher."

„Ja, natürlich. Jeder hat seine eigene Art, mit so etwas umzugehen", erwiderte MacMillan. „Falls Sie es sich doch noch überlegen, rufen Sie einfach zurück. Das ist die Nummer von meinem Apparat."

„Alles klar. Schönen Tag noch."

Der Mann hatte zwar souverän und freundlich geklungen, aber auch ein wenig zerknirscht. Tavi kannte diese kleinen Nuancen, weil er selbst so lange daran gearbeitet hatte, solche Zeichen aus seiner eigenen Stimme herauszufiltern.

Hoffentlich ließ der Kerl weitere Nachforschungen sein.

KAPITEL 7

JACKSONS MUSKELN WAREN noch warm vom vormittäglichen Workout, als er sich an die Recherche setzte.

Eigentlich hatte er ja nicht mehr in der Vergangenheit wühlen wollen. Aber einmal musste er es jetzt noch tun.

Er fuhr zu seinem alten Elternhaus, in dem seine Mutter immer noch lebte, und bat sie, sich in der Garage umsehen zu dürfen. Sie war überrascht von seinem Besuch, aber darüber hinaus schien ihre Gefühlsregung nicht zu gehen.

„Mach keine Unordnung", rief sie ihm nach, als er nach nebenan ging und die schwere Tür öffnete. Seine Mutter fuhr nicht mehr, erledigte ihre Wege zu Fuß oder ließ sie erledigen. Er hatte ihr mehrmals seine Hilfe angeboten, und sie hatte sie jedes Mal abgelehnt. Die Atmosphäre zwischen ihnen war stets kühl und distanziert und mit der Zeit hatte Jackson auch nicht mehr gewusst, was er erzählen sollte, wenn er herkam. Also war der Kontakt mehr oder weniger eingeschlafen.

Er war froh, dass es ihr gutging, aber das war dann auch alles, was er empfand.

In seine Gedanken vertieft kniete er sich vor ein Lagerregal und zog einen Karton darunter hervor, der schon reichlich eingestaubt war. Er musste niesen, als er ihn öffnete. Leider waren hier nur alte Schulbücher begraben, nicht das, was er suchte. Jackson stapelte sie wieder hinein, nachdem er sich alle angesehen hatte, und schob den Karton wieder an seinen Platz. In der Garage ruhten jede Menge Relikte aus alten Zeiten. Sogar der Puppenkinderwagen, mit dem er ihn einmal durch den Garten gefahren hatte, bevor er einen richtigen bekam. Spielzeug lag auch herum, alte Kleidung, ein paar Werkzeuge, Radkappen, die kaputte Gitarre, die er nie repariert hatte. In einer Truhe fand er seine alten Zeichenutensilien – Palette, Leinwände, eingetrocknete Farben. Jackson schmunzelte versonnen. So viele kleine Träume.

Schließlich fand er den Karton mit den Klassenzeitungen. Auf den Fotos der mittleren Klassenstufen fand er Toby. Und seine Mutter. Als Klassenlehrerin war sie auf den Gruppenbildern auch abgebildet. Wärme durchflutete sein Herz. Diese Frau hatte wirklich viel für ihn getan. Hoffentlich war sie ähnlich robust wie seine eigene Mutter und genoss ihren Ruhestand.

Während er in das Gesicht des sechzehnjährigen Toby schaute, versuchte er, sich ihn heute vorzustellen. Passten die Augen zu denen hinter der Maske? Sie mussten es. Sein Name war der einzig auffällige in der Liste gewesen.

Jackson ließ sich auf einen alten Farbeimer nieder und blätterte weiter durch die alten Unterlagen, sah zu, wie er und seine Mitschüler auf den Fotos immer älter wurden und zeichnete die Geschichte in seinen Gedanken nach.

Damals war ihm gewesen, als würde er gar nicht mehr älter werden, sondern nur noch Philipp. Er hatte ihm beim Wachsen zugesehen. Seine Erfolge waren so viel größer gewesen als alles, was er selbst erreicht hatte. Seine Schritte, seine Worte, jeder kleine Fortschritt. Er war schnell zu seinem Leben geworden und es hatte zu schmerzen angefangen, dass er seine Existenz weitestgehend geheimhalten musste. Seine Eltern hatten nicht gewollt, dass es ,an die große Glocke gehängt' wurde. Deswegen hatte er niemandem davon erzählt und das anfangs auch selbst für die beste Idee gehalten.

Nach und nach hatte das aber auch dazu geführt, dass er einsam geworden war, sobald er Phil nicht mehr bei sich hatte. In der Schule war er ein Teil der Klasse gewesen, aber nie wieder ein richtiger Teil der Freundesgruppe. Ein respektierter Außenseiter.

Dann hatte er die Schule gewechselt und Philipp war in den Kindergarten gekommen. Wieder ein neues Leben, dieses Mal nicht mehr unter Verschluss. Eine neue Etappe mit neuen Herausforderungen.

Er hatte lange bei seinen Eltern gelebt, obwohl er sich schon mit 12 vorgenommen hatte, möglichst zeitig auszuziehen. Zusammen mit Phil und ohne Zeit und Einkommen hatte er sich allerdings nichts leisten können. Vor allem nichts, das dem kleinen Jungen auch gerecht geworden wäre.

Jackson hatte sein Bett in das Bügelzimmer seiner Mutter verlegt, damit Philipp ein richtiges Kinderzimmer haben konnte. Es war ein großer Befreiungsschlag gewesen, als er die Anstellung am Theater bekommen hatte und endlich wirklich für sie beide sorgen konnte.

Die erste eigene Wohnung war ihm wie ein Traum vorgekommen. Sein Leben war von einem Tag auf den anderen wärmer geworden – wenn auch nicht weniger hektisch.

Jack seufzte und schlug die letzte Klassenzeitung zu. Die, die er von ihrem Klassentreffen vor acht Jahren mitgenommen hatte. Er fand Toby auf dem Gruppenfoto. Ein schlanker Typ mit Denkerstirn und ernstem Blick. So richtig erinnerte er sich nicht an ihn. Sie hatten auf dem Treffen nicht geredet.

Dafür erinnerte er sich an etwas anderes.

An Harrys Machosprüche, die noch genauso plump waren wie damals, als sie sechzehn gewesen waren.

Schade, dass Conny nicht da ist, was?

Conny?

Erzähl mir nicht, dass du sie Frau MacMillan genannt hast, wenn du sie nach der Schule weggeflankt hast.

Jack schüttelte den Kopf. Selbst in seiner Erinnerung blieb es unangenehm. Er hörte Harrys röhrendes Lachen und spürte erneut den Drang, ihm eine reinzuhauen. Dort, auf dem Klassentreffen hätte er es ihm ja sagen können. Dass seine besondere Beziehung zu ihrer gemeinsamen Klassenlehrerin nichts Sexuelles war. Aber um Tumult zu vermeiden, hatte er weggehört.

Damals in der Schule hatte es diese Sprüche auch gegeben. Das Gerücht, dass Frau MacMillan ihn manchmal abends besuchte, machte die Runde und die Jungs fragten ihn natürlich, was da passierte. Von Philipp durfte er nichts erzählen, deswegen redete er sich auf Nachhilfe heraus, aber das änderte nichts an der Geschichte, die die anderen daraus machten.

Vielleicht war das Tobys Grund. Weil er die Ursache dafür gewesen war, dass die Jungs anzügliche Witze über seine Mutter machten. Zweifelnd schaute Jackson auf und betrachtete das kaputte Fahrrad, das an dem Regal lehnte.

Noch eine ganze Weile saß er in der Garage und dachte nach, durchsuchte seine Erinnerungen nach weiteren Gründen für Tobys Hass. Er fand keine. Und nach den zwei Jahren und seinem Schulwechsel hatte er gar nichts mehr mit ihm zu tun gehabt. Auch nicht mehr mit seiner Mutter.

Jack seufzte und stand auf. Toby sollte ihm einfach sagen, was sein Problem war. Dann konnten sie das klären wie Erwachsene. Dieses Ratespiel war ermüdend. Vielleicht gab es auch nicht mehr als das. Vielleicht reichten Toby die dummen Sprüche, um sein Leben zerstören zu wollen.

In dem Fall verschwendete er hier seine Zeit. Er sollte sich lieber um seinen Club kümmern. Er würde sich von Toby nichts wegnehmen lassen. Er hatte schon zu viel verloren.

Heute Abend blieb er dem Club fern und kümmerte sich lieber von Weitem um dessen Belange. Mit einem Kugelschreiber in der Hand saß er über den Grundsatzunterlagen des Clubs und überlegte, welche Schwachstellen es gab. Die Sicherheitsvorkehrungen hatten sie bereits verschärft, und die Tatsache, dass Toby bei seinem letzten Besuch keinen erneuten Giftanschlag versucht hatte, bedeutete hoffentlich, dass sie funktionierten.

Nein, sich auf Hoffnungen zu verlassen, war zu wenig. Er würde ein paar Männer organisieren, die gezielt versuchten, etwas an seinen Leuten vorbeizuschmuggeln. Wie Testeinkäufer in Supermärkten, würden sie seine Angestellten prüfen. Jack machte sich eine Notiz und grübelte weiter.

Auch die Versicherungen ging er nochmals durch. Einbruch, Brand ... eigentlich war er gut abgesichert. Die beste Waffe gegen den Club schien es tatsächlich zu sein, ihm die Besucher zu vertreiben.

„Was machst du eigentlich heute?", fragte er leise und legte den Ordner beiseite, um Tobys Namen in die Internetsuche einzugeben. Wenn er wusste, auf welchem Feld dieser Mann berufliche Expertise besaß, half ihm das vielleicht, seine Angriffe abzuwehren.

Nach ein paar Klicks öffnete sich die Personalseite der City Post. Jack stieß den Atem aus und lehnte sich auf seinem Stuhl zurück. „Das hätte ich mir auch denken können."

Wenn das so war, würde er in Zukunft sicher noch mehr Artikel über seinen Club lesen dürfen. Und er konnte sich sicher sein, dass jedes Missgeschick, das hier passierte, seinen Weg in die Öffentlichkeit finden würde. Das war nicht gut. Medien waren eine starke Waffe.

Er konnte nur dafür sorgen, dass er keinen Stoff mehr fand, über den er Artikel verfassen konnte. Aber das bedeutete nicht, dass Toby nicht auf die Idee kommen würde, selbst welchen zu schaffen.

Es klingelte an der Tür.

Irritiert blickte Jack Richtung Flur. Wer besuchte ihn denn um diese Zeit?

Hoffentlich war im Club nichts passiert ... Sein Magen zog sich zusammen, als er aufstand und zur Tür ging. Er malte sich alle möglichen Szenarien und Besucher aus. Und dann war es Tavi, der auf seiner Schwelle stand.

„Hey, entschuldige, dass ich so spontan vorbeikomme. Deine Adresse konnte ich finden ... deine Telefonnummer leider nicht."

„Was gibt es?"

„Erinnerst du dich daran, wie ich im Club mal über eure Werbeanzeigen hergezogen bin. Ich ... bin im

Moment kreativ wohl nicht ganz ausgelastet und habe hier diese Kampagne entworfen. Ich weiß, du hast das nicht bestellt, aber ... na ja, vielleicht brauchst du sie ja trotzdem."

Tavis Lächeln hing schief, aber es wärmte etwas in Jack und er ließ den jungen Mann mit der Mappe unterm Arm eintreten.

KAPITEL 8

DIE AUFREGUNG, DIE sein Herz zum Pochen brachte, hatte nichts mit der Präsentation zu tun. Tavi betrat Jacksons Wohnung und drückte die Mappe mit seinen Unterlagen fester an sich.

Eine seltsame Ehrfurcht durchfloss ihn. Das hier war Jacksons Wohnung. Sein ganz privater Raum. Er war als Freund hier, und doch kitzelte der Gedanke seine Nerven. Besser, er kam direkt zur Sache. Zum Geschäftlichen.

„Also, ich habe mir neue Anzeigen überlegt", sagte er, während er Jack durch den Flur in ein größeres Zimmer folgte. Es wirkte fast wie ein Teil des Maskenclubs, so detailreich und atmosphärisch.

Die Wände waren anthrazitfarben vertäfelt und an einigen prominenten Stellen mit Gemälden behangen. Es gab viele kleine Lichtquellen statt einer großen, was dem Raum eine gemütliche und zugleich etwas geheimnisvolle Stimmung verlieh.

„Ich bin gespannt", sagte Jack. „Du hast ein gutes Timing." Er ließ sich auf das elegante Sofa sinken.

„Läuft es nicht mehr gut?" Tavi blieb stehen. Er kam ihm falsch vor, sich hier uneingeladen zu heimisch zu benehmen.

„Es gerät ins Stocken", erwiderte Jack. „Jemand von der Zeitung scheint es sich zum Ziel gesetzt zu haben, dem Club zu schaden."

Jemand von der Zeitung? „Oh, das … Hmmm. Mich hat einer von der City Post angerufen und wollte, dass ich über die Sache mit dem Video rede."

Jack hob die Brauen. „MacMillan?"

Tavi nickte. „Ja, ich glaube, das war der Name. Kennt ihr euch?"

„Er war kürzlich im Club, um mir zu sagen, dass er ihn untergehen sehen will. Und ich habe ihm diese eine besondere Nacht zu verdanken, in der wir uns im Barockzimmer versteckt haben."

„Er hat dich vergiftet?"

Jack nickte.

„Das ist so heftig", murmelte er und fuhr sich durchs Haar. Die Neuigkeiten ließen ihn glatt vergessen, wofür er hergekommen war. „Was hat er gegen dich?"

„Ich versuche noch, das herauszufinden."

Tavi musterte Jackson einen Moment länger und fragte sich, ob es vielleicht in seiner Vergangenheit auch einen Schatten gab, von dem er niemandem erzählte. Ein Geheimnis, das ihm jetzt zur Last fiel.

„Was hast du ihm erzählt?", fragte Jack, als er nichts mehr sagte.

„Nichts ... nur, dass ich es besser finden würde, wenn Ruhe in mein Leben einkehrt. Ich wollte ihm kein Interview geben. Hatte kein gutes Gefühl dabei."

„Okay." Jack legte den Kopf gegen die Lehne und schaute einen Moment lang an die Decke des Raumes. Er wirkte ein bisschen getrieben. Die ganze Sache musste sehr belastend für ihn sein. Der Club lag ihm sehr am Herzen, das wusste Tavi. Am liebsten hätte er sich neben ihn gesetzt und sich an ihm geschmiegt, und doch blieb er hier stehen und wurde sich wieder der Mappe mit dem Projekt bewusst.

„Also, zu meiner Kampagne ... ich habe sie genau auf das Profil des Clubs abgestimmt. Wir wollen vor allem das Interesse von Männern zwischen 30 und 50 erregen. Sie stehen mit beiden Beinen im Leben, sind beruflich erfolgreich und wissen Qualität zu schätzen. Wahrscheinlich verreisen sie gerne, interessieren sich für Kunst und Kultur und natürlich wollen sie heißen Sex."

Er öffnete die Mappe und bezog Stellung zwischen dem kleinen Tisch und dem ausgeschalteten Fernseher. Für seine Präsentationen verwendete er normalerweise ein Tablet und eine Projektionsfläche, aber hier bot sich diese Möglichkeit nicht, also händigte er Jack die Grafiken aus, während er sprach.

„Die Anzeigen müssen modern wirken, aber gleichzeitig das besondere Ambiente des Clubs anteasern. Deswegen habe ich mich farblich an unserem Lieb-

75

lingsraum orientiert. Ich finde, er kann für das ganze Gebäude stehen. Nicht jeder wird erlesene Stoffe am Gefühl erkennen, aber die Leute spüren doch die Ausstrahlung solcher Materialien. Dieselbe Ausstrahlung bekommt unsere Kampagne. Es ist etwas Besonderes, etwas, das nicht für jeden ist. Und das sich nicht jeder leisten kann." Mit jedem Wort fühlte er sich sicherer auf dem Terrain, das sie gerade beschritten. Jackson wurde zu seinem Kunden und er zu dem Fachmann, der er eigentlich war. Ein Gefühl, das er vermisst hatte.

„Menschen fühlen sich unheimlich gerne als Teil einer kleinen, elitären Gruppe. Das spricht innere Sehnsüchte an. Außerdem sortieren wir hier schon die aus, die sich den Club ohnehin nicht leisten könnten."

Tavi verfolgte jede Regung in Jacksons Gesicht. Er hörte ihm sehr aufmerksam zu, während sein Blick ruhig zwischen den Grafiken und seinen Augen hin und her wanderte. Mehrmals bekam er ein kleines Nicken zur Antwort, das ihn weiter motivierte.

„Wir verkaufen ihnen nicht den Sex oder den Club, auch wenn beides Kernelemente unseres Angebotes sind. Es geht um Träume, die erfüllt werden, Ängste, die beseitigt werden. Es geht um Prickeln und Geheimnis, um Abenteuer und Genuss. Das werden sie anklicken. Und dafür brauchen wir nicht viel Text."

Er hatte zwei verschiedene Linien der Kampagne entwickelt. Die eine arbeitete mit Gesichtern hinter Masken, die andere mit knackigen Ärschen auf edlen

Bettdecken. Simpel, aber effizient. Tavi war sich sicher, dass Jacksons Klicks deutlich ansteigen würden, wenn er diese Anzeigen nutzte.

„Ich habe auch eine Analyse der attraktivsten Werbepartner durchgeführt. Hier ist eine Liste der Webseiten, auf denen wir sie platzieren sollten. Außerdem denke ich, dass Anzeigen in ausgewählten Magazinen sich lohnen könnten. Es wäre auch einen Versuch wert, den Umkreis weiter zu fassen. Für deinen Club würden einige sicherlich auch weitere Fahrten in Kauf nehmen. Auf lange Sicht wäre es vielleicht sogar eine Überlegung wert, *offizielle* Übernachtungsmöglichkeiten anzubieten."

*

Es war faszinierend, Tavi zuzusehen. Als er mit seiner Präsentation begann, war es, als würde er eine Bühne betreten. Er lieferte eine ganze Show ab, ohne ein Kostüm überzustreifen, blühte regelrecht auf. Seine Stimme wurde kräftiger, seine Augen leuchtender. Jeder Mensch hätte sehen können, wie sehr ihm lag, was er tat.

Jackson fiel es schwer, eine Sekunde zu finden, um sich überhaupt die Unterlagen anzusehen. Viel lieber wollte sein Blick zu Tavi, der einfach so in seinem Wohnzimmer stand und ihm dabei helfen wollte, den Club zu retten. Wie ein Freund.

Kluge Ideen und einleuchtende Hinweise flogen durch den Raum. Tavi wusste genau, was ihm an der

Repräsentation seines Clubs wichtig war und fasste es in die passenden Worte und Symboliken. Dass dabei auch ein paar hübsche Ärsche eine Rolle spielten, störte nicht, sondern passte perfekt in die Strategie. Die Anzeigen, die er designt hatte, besaßen ihre eigene Ästhetik und lockten mit sexuellen Reizen, ohne billig zu wirken. Es war perfekt.

Hätte ein Fremder versucht, ihm so eine Kampagne zu verkaufen, hätte er vielleicht an dessen Prognosen gezweifelt. Es für übertrieben zuversichtlich gehalten, wenn man ihm erzählt hätte, dass er seine Besucherzahlen verdoppeln könne. Aber Tavis Worten vertraute er. Einfach so.

Vielleicht genau so naiv, wie der junge Mann ihm vertraut hatte, als sie sich im Club begegneten.

Tavi reichte ihm das letzte Blatt seiner Mappe und beendete seinen Vortrag. Jack überflog die Zusammenfassung der Strategie und schaute dann zu ihm auf.

„Möchtest du etwas trinken?", fragte er und erntete ein kleines Lachen von Tavi.

„Ja, das wäre echt super."

Jack holte die Wasserkaraffe aus der Küche und stellte ein Glas für Tavi auf den Couchtisch, in das er ihm einschenkte.

„Du kannst dich auch hinsetzen", bot er an. Zögerlich nahm Tavi neben ihm Platz und griff nach dem Wasser. Während er gierig trank, ordnete Jack den kleinen Papierstapel und legte ihn auf den Tisch.

„Ich finde das wirklich gut. Was wird mich deine Arbeit kosten?"

Tavi gestikulierte abwehrend. „Nichts. Ich habe das aus einem spontanen Drang heraus gemacht. Du hättest mich gar nicht davon abhalten können. Ich hatte lange nicht mehr so viel Spaß an meiner Arbeit. Im Büro schon gar nicht ..."

„Und das ist zu einem nicht unerheblichen Teil meine Schuld", warf Jack ein.

Tavi zuckte mit den Schultern. „Mag sein. Aber du hast das nicht bestellt und ich will dem Club helfen. Für mich waren die Abende dort wirklich etwas Besonderes. An manchen Tagen kam es mir vor, als wäre es der einzige Ort auf der Welt, an dem ich mich sicher fühlen konnte ... auch wenn das jetzt total absurd klingt. Ich hab halt manchmal absurde Gefühle."

Tavis Grinsen steckte ihn an. Er konnte sich gar nicht dagegen wehren.

„Machen wir es so: Wenn auf Schaltung der Anzeigen ein merkbarer Anstieg bei meinen Mitgliedschaften erfolgt, dann zahle ich einen Prozentsatz dieser Einnahmen an dich aus."

Obwohl er über das Geschäftliche sprach, waren seine Gedanken noch bei Tavis Worten ... und bei absurden Gefühlen. Und bei dem Wunsch, ihn zu küssen. Für den Anfang.

„Okay, darauf würde ich mich einlassen, wenn es sein muss", sagte Tavi.

79

„Muss es", bestätigte Jackson. „Ich will dich nicht ausbeuten. Das ist wirklich gute Arbeit und das muss entsprechend entlohnt werden."

„Freunde tun sowas füreinander", sagte Tavi und lachte kurz. Mit dem Wort schienen sie sich beide noch etwas schwerzutun. „Sorry, das war nur Wasser, oder? Ich komme mir ein bisschen betrunken vor. Ich war so euphorisch wegen der Präsentation."

„Wirklich nur Wasser. Ich habe auch nichts hineingetan."

„Gut." Tavis Blick hing an seinem und es wurde immer schwieriger, nicht einfach dem Drang nachzugeben, der immer weiter in ihm wuchs. Von irgendwoher kam ihm ein Bild von Tavis nacktem Hintern auf seinem privaten Bett in den Sinn und ließ sich nicht mehr aus seinen Gedanken verbannen. Die Anzeige wirkte schon.

„Du kannst echten Alkohol haben", bot er an. „Ich meine, wie feiert man den Start so einer Zusammenarbeit?" Er stand auf, um Weingläser aus der Vitrine zu holen, und für einen Moment glaubte er, damit die ansteigende Spannung zwischen ihnen erfolgreich aufgelöst zu haben, aber sobald er wieder bei Tavi saß, und sie leise mit dem Wein anstießen, war alles wieder da. Wie damals im Club. Vielleicht sogar ein bisschen schlimmer.

Sobald das Glas Tavis Lippen verließ, wollte er sie für sich haben. Eine Wärme, die längst nicht nur von dem kleinen Schluck kommen konnte, breitete sich in seinem Brustkorb aus, signalisierte Gefahr und scheiterte doch daran, ihn zurückzuhalten.

Sein Gesicht kam Tavis gefährlich nahe und statt ihm auszuweichen neigte der sich ihm sogar noch entgegen, schloss die Augen und zog ihn auf den letzten Zentimetern geradezu gewaltsam an sich.

Jackson schmeckte den fruchtigen Wein auf seinen Lippen, das Prickeln einer nie verlorenen Sehnsucht und die Süße verbotener Begierden.

KAPITEL 9

TAVIS GANZER KÖRPER summte vor Hitze und Erregung als Jacks Zunge seine eigene umspielte und sich sanft in seinen Mund drängte. Tief atmete er den vertrauten Geruch dieses Mannes, den er sich eigentlich hatte aus dem Kopf schlagen wollen.

Kräftige Hände gruben sich in seine Haare, hielten ihn fest, als fürchteten sie, er würde ihnen entgleiten. Dabei wollte Tavi nichts anderes als noch mehr Nähe. Noch mehr von diesem Mann, von dem er nicht mehr wusste, wer oder was er für ihn war. Ein Feind. Ein Freund. Ein Kunde? Ein Liebhaber?

Feuchte wilde Küsse und unruhiges Herumrutschen auf der Sitzfläche des Sofas — dann war Jack auf einmal über ihm und sein Körper ganz dicht an seinem. Hitze wie aus einem Fiebertraum durchströmte ihn und er wünschte sich, bloß nicht aufzuwachen.

Jackson küsste ihn, bis ihm schwindelig wurde.

Ohne die Masken dazwischen, die sich ständig ins Gehege kamen, war es noch viel besser.

Passierte das hier wirklich? Tavi hatte die Augen geschlossen und wagte es kaum, sie wieder zu öffnen. Zu sehr genoss er, wie sich das anfühlte. Die hungrigen Küsse, das fremde Gewicht, das ihn ins Polster presste, und die forsche Hand unter seinem Shirt.

Nein, er träumte das nicht. Das kleine Stechen in seinem Nippel war real. Tavi wand sich unter den Fingern, die an der empfindlichen Stelle herumzwirbelten. Jacks Gesicht war direkt vor seinem und er grinste ihn an. Ein heißes Drängen stand in seinen Augen – dasselbe, das auch Tavi in sich spürte.

Gänsehaut kroch über seinen Nacken und die Oberarme, wenn er Jack zu lange ansah. Wenn ihm zu klar wurde, wer er war. Aber der Gedanke verschwand schnell wieder, als Jack sich zwischen seine Beine schob und das Becken gegen seines rieb. Eine Hand fasste seinen Po, knetete ihn genüsslich und zog die Linie zwischen seinen Hälften nach.

Gott, diese Finger. Er würde nie vergessen, wie geil ihre Begegnung in dem Pool gewesen war. Tagelang hatte er kaum an etwas anderes denken können. Und auch jetzt fiel es ihm schwer. Er wollte Jack in sich. So dringend, dass er es kaum aushielt.

Fahrig glitt seine Hand zum Verschluss seiner Hose. Jack hatte bisher keine Anstalten gemacht, ihn auszuziehen, schien zu respektieren, dass er das immer allein hatte machen wollen.

„Hier? Oder rüber in mein Bett?", fragte Jackson, als Tavi sich mit Mühe die Hose von den Hüften schob. Seine dunkle Stimme kitzelte in seinem Kopf.

In mein Bett.

Bis jetzt hatte er Angst gehabt, zu sprechen, weil er fürchtete, sie würden dann beide merken, dass das hier keine gute Idee war. Nun merkte er, dass es ihm egal war. Zumindest egal genug. Verdammt, er wollte in Jacks Bett.

Sein Blick schien alles zu sagen, denn Jack zog sich von ihm zurück und half ihm auf die Beine. Sobald er stand, streifte Tavi sich die Hose ab und ließ sich von Jack zu dem anderen Zimmer führen. Noch auf dem Weg zog er sich das Shirt über den Kopf.

Jack führte ihn in einen kleineren Raum mit ebenfalls anthrazitfarbenen Wänden. Die Bettwäsche war ein weinrot leuchtendes Meer aus Stoff. Tavi zog seine Boxershorts aus und kletterte hinein.

Das weiche Material schmiegte sich kühl an seine Haut und ihm kam seine eigene Anzeige in den Sinn. Nackter Arsch auf feiner Bettwäsche. Tavi legte sich auf den Bauch und schaute zu Jack, der noch neben dem Bett stand und sich ebenfalls auszog.

Wieder zeigten sich die Tattoos in ihrer ganzen Pracht. Jacksons Körper wäre auch ohne die Verzierungen eine Augenweide gewesen. Feste Brustmuskeln, ein klar definiertes Sixpack, ... so viel Kraft in diesem Körper. Die Tinte gab ihm nur noch den letzten Schliff.

Als Jack zu ihm aufs Bett kletterte, drehte Tavi den Kopf wieder nach vorn. Die Augen fielen ihm zu, als warme Hände anfingen, seinen Rücken zu streicheln. Neben ihm ging eine Schublade auf und er hörte, wie Jack etwas herausnahm, bevor er sie wieder schloss. Ein Kuss kitzelte seine untere Rückenpartie, dann schoben sich feuchte Finger zwischen seine Pobacken und drangen in ihn ein, gleich zwei auf einmal. Tavi stöhnte auf. Gierig spreizte er die Beine und winkelte sie etwas an, um Jack einen besseren Zugang zu ermöglichen.

Auf seine Einladung hin bohrten sich Jacks Finger noch tiefer in ihn und begannen damit, ihn in einem schnellen, festen Rhythmus zu ficken. Glühende Hitze breitete sich in ihm aus, kroch von seinem Schoß bis in die Fingerspitzen und natürlich auch in sein Gesicht. Tavi drückte die Stirn in die Bettdecke.

Ein kleines Zucken ging durch seine Muskeln, als neue Feuchtigkeit zwischen seine Backen lief und die eifrigen Finger benetzte, sie frisch schmierte und die Stöße mit einem vulgären feuchten Geräusch untermalte.

Seine Hüften bewegten sich ganz von selbst, rollten sich willig jedem Stoß entgegen. Sein Schwanz war längst steinhart und seine Eier schaukelten prall und schwer vor und zurück.

Wie lange würde Jack das noch mit ihm machen? Es war geil, von ihm gefingert zu werden, aber er wusste bereits, dass es noch etwas Besseres gab.

Wollte er ihn erst reinstecken, wenn er schon gekommen war?

„Ich will deinen Schwanz", bat er mit vor Erregung bebender Stimme und merkte erst jetzt, wie viel Speichel sich in seinem Mund gesammelt hatte. Er schluckte ihn herunter und drehte den Kopf zur Seite, um eine Ahnung davon zu bekommen, was Jack hinter ihm vorhatte.

Tatsächlich zog sich die Hand zurück, die ihn jetzt die ganze Zeit bearbeitet hatte. Das Gefühl der Leere, das sie zurückließ, war furchtbar, aber Tavi hielt es aus, weil er wusste, dass er gleich wieder gefüllt werden würde.

Jackson zog seine Backen auseinander und schob seinen Schwanz dazwischen. Er drang nicht ein, sondern rieb ihn der Länge nach in seiner vom vielen Gleitmittel feuchten Rille.

Sein Schwanz fühlte sich riesig an. Heiß und steinhart. Mehr als bereit, um ihm zu geben, was er wollte. Was sie beide wollten. Aber er hielt ihn hin.

Kräftige Hände massierten seine Hälften, zogen sie auseinander und drückten sie zusammen, während Jacksons ganze Länge immer wieder zwischen ihnen entlangrieb. Es war eine quälend heiße Art, ihn in die Verzweiflung zu treiben.

Mehrmals spürte er die Spitze an seinem Eingang, kurz bevor sie doch nur wieder weiterrutschte, als sei sein Partner einfach unerfahren und er selbst zu glitschig.

Tavis Schwanz pochte und wenn er sich nicht vollkommen täuschte, dann fühlte sich der Stoff unter ihm auch schon ein wenig nass an. Gott, er war so geil, dass er an nichts anderes mehr denken konnte als an diesen Schwanz zwischen seinen Arschbacken. Und dann, endlich, drang die pralle Eichel in ihn ein. Nur ein kleines Stück, sodass Tavi fast glaubte, es sei ein Versehen, doch es blieb nicht dabei. Ein einziger kraftvoller Stoß, und die ganze Länge versank in ihm.

Tavi schrie auf. Unerwartet laut. Scham verbrannte sein Gesicht, als das Ziehen in seinem Unterleib in ein Pochen überging und er sein Sperma schubweise auf der roten Decke unter sich verteilte.

Jackson machte keine Pause. Er begann, ihn so zu ficken, wie er es sich die ganze Zeit gewünscht hatte.

Sekundenlang wogten die Wellen seines Höhepunktes durch ihn hindurch und das Gefühl des Ausgefülltseins, das Jack ihm schenkte, schien den kurzen Moment um ein paar Atemzüge zu verlängern.

Ein wenig erschöpft, aber immer noch erregt lag er da und stemmte sich Jacks Stößen entgegen. Sein eigener Schwanz war erschlafft, aber in sich drin spürte er noch immer das Verlangen.

Jack fühlte sich so gut an. Selbst jetzt, als sein eigener Hunger nach Sex befriedigt war, mochte er es, wie seine Hände ihn berührten, wie seine Atemzüge ihn zwischen den Schulterblättern kitzelten und wie ihre Körper sich im Einklang miteinander bewegten.

Immer neue Schichten von Gänsehaut überzogen seinen Rücken, jedes Mal, wenn Jacks Stöhnen auf ihn herabregnete. Warm und prickelnd, wie in einem Traum. Tavis Hintern ragte in die Höhe, sein Kopf ruhte auf Unterarmen. Sein Atem ging schnell und eine Schweißperle lief über seinen Nacken, aber er konnte nicht aufhören, bevor ...

Jacks erleichtertes Stöhnen ließ alles in ihm vibrieren. Die Gewissheit, dass er sich in dieser Sekunde tief in ihm entlud, prickelte in seinem Schoß. Er bewegte sich weiter, um ihm dabei zu helfen, alles herauszuholen, bis Jack ihn stoppte.

Angenehm kühle Hände streichelten den unteren Bereich seines Rückens und Tavi musste sich zusammenreißen, um nicht an Ort und Stelle einzuschlafen. Ganz langsam sank er wieder in eine liegende Position und bald zog Jack sich aus ihm zurück.

Vorhin war es ihm egal gewesen, aber jetzt stört der halbnasse Fleck an seinem Bauch ihn doch, weswegen Tavi sich auf die Seite rollte. Aus kaum noch geöffneten Augen sah er schemenhaft, wie Jackson sich das Kondom abzog und in ein Taschentuch einwickelte.

Dann ließ er sich neben ihn auf das Bett sinken. Direkt vor ihm. So nah, dass Tavi seine Wärme spürte. Eine Hand berührte seine Schulter und strich sanft an seinem Arm entlang. Er wusste, wenn er die Augen öffnete, würde er in diesem Gesicht einen Ausdruck sehen, der ihn sofort wieder ganz tief in diese Gefühle hinabzog, die er nicht mehr haben sollte. Deswegen ließ er sie geschlossen und genoss einfach nur den Moment.

Kapitel 10

DER SCHLAF HATTE seinen Besucher so schnell an sich gerissen, dass ihnen das obligatorische unangenehme Gespräch für diese Nacht erspart blieb.

Jackson lag noch eine ganze Weile bei Tavi und sah ihm beim Schlafen zu, ehe er vorsichtig aufstand und mit leisen Handgriffen Ordnung in der Wohnung schaffte. Im Wohnzimmer fiel sein Blick erneut auf die Mappe mit den Entwürfen für die Kampagne. Er war immer noch beeindruckt von Tavis Arbeit.

Er hatte viel Zeit und Mühe in dieses Projekt gesteckt und nicht einmal eine Gegenleistung dafür erwartet. Aber das kam Jack nicht richtig vor. Er hatte Tavi bereits etwas Wichtiges weggenommen. Ihm Schaden zugefügt. So wollte er nicht weitermachen. Ihm sollte nichts Schlechtes mehr passieren.

Jackson räumte jedes einzelne Zimmer auf, wischte Staub, putzte die Ablagen in der Küche und legte Wäsche zusammen. Als es zwei Uhr war, wurde ihm klar, dass er sich drückte.

Er stand im Türrahmen des Schlafzimmers und betrachtete den jungen Mann, der da nackt und friedlich auf seinem Bett lag. Sofort zog es ihn zu ihm hin. Er wollte sich neben ihn legen und ihn in die Arme schließen, seine Stirn küssen und den Geruch seiner Haare einatmen. Und Jackson kannte das Drehbuch für One-Night-Stands gut genug, um zu wissen, dass das nicht angemessen war.

Was sie hatten, war nicht nur Sex, so gerne er sich das auch eingeredet hätte. Es war mehr. Es war kompliziert.

Er schloss die Tür hinter sich und kletterte zu Tavi ins Bett. Der junge Mann hatte sich ganz an den Rand gerollt. Jack zog die Decke unter ihm hervor, um sie anschließend über ihn zu breiten.

Dann drehte er sich auf die andere Seite und schloss die Augen. Dass Tavi hier aufgetaucht war, war nicht geplant gewesen. Der Sex erst recht nicht. Es war von Anfang an klar gewesen, dass alles nur ein Spiel war, um Tavi die Wahrheit zu entlocken.

Die Sache hatte sich verselbstständigt. Irgendwann zwischendrin hatte er angefangen, es auf eine Art und Weise zu genießen, die tiefer führte. Angefangen, den Menschen hinter der Maske zu sehen. Wer hatte damit rechnen können, dass er diesen Menschen mögen könnte? Ausgerechnet ihn.

Jetzt hatte er den Schlamassel. Wenn er sich umdrehte, dann lag da dieser Mann in seinem Bett. Nicht viel älter als Phil jetzt wäre. Jackson fühlte sich seltsam dreckig. Er wollte die Gedanken abschalten – was passiert war, war passiert – aber sie umkreisten ihn noch stundenlang wie Aasgeier ein verendendes Tier.

Er erwachte viel zu früh. Im Zimmer bewegte sich etwas und Jack rollte sich müde auf die andere Seite, um einen Blick darauf zu werfen.

Tavi stand neben dem Bett. Eine Kissenfalte zierte seine Wange und er sah irgendwie ertappt aus.

Jackson gähnte herzhaft und wischte sich übers Gesicht.

„Dabei war ich so leise ... sorry. Ich bin gleich weg, dann kannst du weiterschlafen", sagte er mit gedämpfter Stimme.

„Liegt nicht an dir", murmelte er. „Ich hab diesen leichten Schlaf seit ich sechzehn bin." Er gähnte und richtete sich auf. Der Wecker zeigte halb neun an und Sonnenlicht glitzerte hinter den Vorhängen. „Wolltest du dich wegschleichen?"

Tavi zog die Schultern hoch. „Sieht so aus. Weglaufen mal wieder." Er seufzte.

„In diesem Fall wäre es gesellschaftlich anerkanntes Weglaufen", sagte Jack. Er konnte sehen, dass Tavi sich innerlich gerade dafür tadelte. „Jetzt, da ich wach bin, kannst du aber auch einfach meine Dusche benutzen und alles in Ruhe machen. Ich brauch' erst mal einen Kaffee." Er raffte sich auf, öffnete das Fenster, und ließ sich ein wenig frische Luft ins Gesicht wehen.

Jetzt hatten sie also Sex gehabt. Nicht als Tavi und Leo, sondern als Tavi und Jack. Es gab keine Ausreden dafür. Der kleine Schluck Wein hatte nichts damit zu tun. Er hatte es gewollt und Tavi ganz offensichtlich auch. Sie hatten es beide genossen. Die Frage war, wie sie jetzt mit dieser Wahrheit umgehen sollten.

Jack stapfte in die Küche und setzte eine Kanne Kaffee auf. Er holte zwei Tassen aus dem Schrank, stellte Milch und Zucker bereit, weil er keine Ahnung hatte, wie Tavi seinen Kaffee mochte.

Dann trank er und lauschte dem Rauschen der Dusche.

Als sie diese letzte Nacht im Club verbracht hatten, hatte er Tavi etwas versprochen, in der Hoffnung, ihn so zu dem Geständnis zu bringen. Dass sie gemeinsam hinausgingen. Dass es eine Zukunft gäbe. Er wusste, dass Tavi das gewollt hatte.

Nach seiner Demaskierung war für ihn klar gewesen, dass sich das geändert hatte. Aber vielleicht irrte er sich. Vielleicht hatten ein paar der Gefühle für Leo das Ganze überlebt. Und vielleicht war es auch das, was Tavi gestern in seine Arme getrieben hatte.

Er hatte vorgeschlagen, sein Freund zu sein. Um etwas wiedergutzumachen, und weil er erkannt hatte, dass Tavi tatsächlich Geheimnisse hütete. Wahrheiten, die er brauchte. Erinnerungen an seinen Sohn, die wie verlorene Teile eines Puzzles waren, von dem er geglaubt hatte, es niemals ganz zusammensetzen zu können.

Nur ... dafür musste er keinen Sex mit Tavi haben. Er musste ihn nicht küssen, ihn nicht im Arm halten.

Vielleicht wollte ein Teil von ihm ein Freund sein. Aber da war auch eine Seite, die ihn auf eine ganz andere Art und Weise brauchte. Und das war es, was alles so durcheinanderbrachte.

Was wenn Tavi nicht Tavi wäre, fragte er sich. Wenn er einfach nur irgendein Mann wäre, dem er begegnet war? Was würde er dann über die ganze Sache denken?

Dass dein dämliches Herz nach all der Zeit doch noch mal für jemanden schlägt.

Jack nahm einen langen Schluck des bitteren Kaffees.

Die Badezimmertür klappte und Schritte kamen näher, folgten wohl dem Geruch bis in die Küche.

„Hey", murmelte Tavi und Jack nickte und schenkte ihm frisch ein.

Jack beobachtete, wie er zwei Löffel Zucker hineintat und umrührte. Keine Milch also.

Tavis Blick zuckte unsicher zu ihm und gleich wieder zur Seite. Es schien ihm wirklich schwerzufallen, die Situation einzuschätzen. Jack stellte seine Tasse ab.

„Während wir im Club waren, habe ich alles, was wir taten als Teil meiner Strategie betrachtet. Ich war wütend und zu allem bereit, um die Wahrheit herauszufinden. Aber dazwischen gab es Momente, in denen ich das vergessen habe. Und jetzt gibt es keine Strategie mehr."

In Tavis Blick lag Vorsicht. „Und ... bist du noch wütend?"

Jack schüttelte den Kopf.

Nein, er war nicht mehr wütend. Seine Trauer und die anfängliche Wut machten eine ganz seltsame Metamorphose durch. Sie waren abgekühlt und irgendwie weit weg von ihm. Nur noch ein schwacher Dunst, eine Erinnerung. Gestern Nacht hatte er sehr deutliche Gefühle gehabt, aber das war etwas anderes. Es hatte nichts mit Philipp zu tun. Nicht mehr.

„Als ich dir vorgeschlagen habe, dass wir nach der letzten Nacht den Club verlassen und uns draußen treffen, war das ein Schritt, von dem ich hoffte, dass er dich zum Reden bringen wird – was ja auch funktionierte. Ich habe mir mehrmals vorgestellt, wie es sein würde, mich zu erkennen zu geben. Ich hatte mir Genugtuung erhofft. Aber als es so weit war, wollte ich es gar nicht mehr. Ich wollte lieber die Zeit, die ich dir versprochen hatte." Ein abschätziges Lächeln, das nicht Tavi galt, sondern nur ihm selbst, schlich sich auf seine Lippen.

„Ich weiß nicht, ob das mit der Freundschaft funktionieren wird", sagte Tavi. „Ich ... sehe immer noch irgendwie Leo in dir und ich fürchte, ich habe mich ein bisschen verliebt. Dass ich den Abstand nicht halten kann, den eine Freundschaft bräuchte, haben wir ja gerade erst erlebt."

Verliebt. Er sagte das einfach so, als ob es nichts wäre. Aber so war es nicht. In Tavis Augen funkelte ein Mut, um den er ihn beneidete. Mut, den er im Club noch für Naivität gehalten hatte.

„Dann vergessen wir das mit der Freundschaft", erwiderte er und sammelte sich für einen Satz, der auch ihn unerwartet viel Mut kostete. „Treffen wir uns das nächste Mal so, wie ich es dir im Club versprochen hatte. Ohne Masken, ohne Geheimnisse. Nur zwei Männer, die mehr voneinander wissen wollen."

Wenn es zwei Möglichkeiten gab und die eine davon offensichtlich die war, sich ab jetzt komplett voneinander fernzuhalten und den Kontakt abzubrechen, dann wählte er die andere. Die Vorstellung, Tavi durch seine Tür gehen zu lassen und ihn danach nie wieder küssen zu können, machte ihm gerade noch mehr Angst als das Wirrwarr und die vorwurfsvollen Stimmen tief in ihm drin.

Ob das nun naiv war, oder mutig, musste er erst noch herausfinden.

KAPITEL 11

NUR ZWEI MÄNNER, die mehr voneinander wissen wollen. Jacks Worte verfolgten ihn ähnlich hartnäckig wie die Bilder der vergangenen Nacht. Sie waren noch da, als er zu Hause ankam, als er aufräumte und putzte, als er seine Mails checkte und als er viel später wieder im Bett lag und die Augen schloss.

Am nächsten Tag ging er wieder zur Arbeit. Ohne Elijah war es im Büro anders als sonst. Oder vielleicht legte sich der Trubel um die jüngsten Vorkommnisse auch langsam und es kam ihm deswegen ruhiger vor.

Tavi fokussierte sich auf seine Arbeit, auch wenn man im momentan zum Helfer und Assistenten degradierte. Heute störte es ihn nicht. Er hatte sich am Wochenende wirklich genug ausgetobt. In jeder Hinsicht.

Er korrigierte einige Texte seiner Kollegen, wälzte die Bilddatenbanken, um seinem Team die passenden Grafiken zu liefern, und checkte die Nummern und

Daten in der Kontaktliste ihrer Fotografen. Ein bisschen erinnerte ihn das alles an seine Anfangszeit hier. Er hatte viel gearbeitet, sich nie beschwert, immer gelächelt und auf seine Chance gewartet.

Und sie war gekommen, als Perkins während eines Meetings, in dem kein Team etwas Zufriedenstellendes vorweisen konnte aus einem Scherz und purer Verzweiflung heraus, ihn gefragt hatte, was seine Gedanken dazu seien.

Er würde nie den Ausdruck auf dem Gesicht des Mannes vergessen. Die überrascht hochgezogenen Brauen, die ein paar seiner Falten glätteten und neue auf seiner Stirn erschufen. Und das Gemurmel der anderen.

Tavi schmunzelte. Es lohnte sich eben oft, Geduld zu haben und auf den richtigen Moment zu warten. Und so lange war das alles noch gar nicht her – trotzdem kam es ihm fast wie ein anderes Leben vor. Es schien mehrere solcher Abschnitte in seiner Geschichte zu geben, und sie entstanden jedes Mal, wenn sich etwas Wichtiges in seinem Leben bewegte. Es gab eine Zeit vor und nach Phil. Vor und nach seiner Beförderung. Vor und nach seinem Outing.

Vor und nach ... Jack? Dieser Mann hatte definitiv einiges in ihm bewegt.

Tavi gönnte sich eine kleine Pause und tippte auf seinem Smartphone herum, um die sozialen Netzwerke durchzuschauen. Inzwischen traute er sich wieder, dort online zu sein. Tatsächlich wandten sich die Leute anderen Themen zu und seine Nachrichtenboxen quollen nicht mehr über.

Irgendwie beruhigend, dass es so war. Dass man sich tatsächlich darauf verlassen konnte. Tavi likte ein paar Fotos auf seiner Timeline und wechselte dann zum Messenger. Hier hatte sich nichts getan. Keine Nachricht von Eli aus den Flitterwochen und auch sonst nichts.

Sein Blick flog über die Gesprächsliste. Das aktuellste war das mit Terry, seinem Cousin, der immer mal einfach irgendwelche Zeitungsartikel schickte, die er interessant fand. Darunter kam seine Großmutter, die ihm einen gesegneten Sonntag wünschte ...

Irgendwo weiter unten war auch noch der Chat mit dem Unbekannten. Jacks Erpressernachrichten. Tavi legte den Daumen auf den Eintrag und wartete, bis das Fenster mit den Optionen erschien. Dann tippte er auf *Löschen*.

Wenn die ganze, sensationsgeile Welt in der Lage war, das Video zu vergessen, dann konnte er auch diese Dinge zu den Akten legen. Ja, es hatte ihm zeitweise echt Angst gemacht und allein die Tatsache, dass Jack sich Zugang zu seinem Handy verschafft hatte, war krass. Jack hatte Grenzen überschritten. Mehrmals.

Aber das war nicht, was Tavi vor Augen hatte, wenn er an ihn dachte. Keine einzige Sekunde. Er sah keinen Erpresser, wenn er ihn anschaute. Und er verspürte nicht den Drang nach Rache oder Gewalt, wenn er ihm gegenüberstand.

Und Jack schien es mit ihm genauso zu gehen, obwohl allein der Gedanke daran hoffnungslos optimistisch zu sein schien. Vielleicht sah er nicht mehr den Mörder seines Sohnes, wenn er ihn anschaute. Vielleicht nicht einmal mehr dessen besten Freund, sondern nur noch einen Mann? Konnte es so einfach sein?

Er wünschte sich das wirklich. Dass sie diese Assoziationen einfach löschen konnten, so wie den Chat auf ihren Handys.

Tavi öffnete die Kontaktliste und betrachtete den jüngsten Eintrag. Jack hatte ihm seine Nummer gegeben, bevor er gegangen war.

Schreib mir oder ruf mich an, wenn du möchtest.

Er übertrug die Nummer in seinen Messenger und betrachtete das leere Chatfenster. Sekundenlang blieb sein Blick an Jacksons Profilbild hängen. Einfach nur ein Mann, ohne Maske, ohne Geheimnisse.

Ein Mann, mit dem er sich schon händchenhaltend durch die Innenstadt hatte schlendern sehen, als sie noch die Masken getragen hatten. Er hatte so viel Kraft aus ihren Treffen gezogen, so viel Mut und Gewissheit über sich selbst.

Gab es jetzt wirklich die Chance, dass sich dieser Wunschtraum erfüllt? Gab es eine Art Zukunft für sie? Zumindest den Versuch? Jack hatte gesagt, er könne sich melden und auch, dass sie das mit der Freundschaft nicht weiter versuchen mussten.

Er hatte nicht gesagt: *Lass uns daten.* Oder: *Lass uns etwas anderes sein als Freunde.* Aber irgendwie eben doch.

Seine Stimme, seine Augen, seine Küsse in der Nacht zuvor ... Die Tatsache, dass er ihn hatte einschlafen lassen und dass er ihn am Morgen nicht weggeschickt hatte.

Er wusste, er wollte ihn anrufen. Am liebsten jetzt sofort. Aber während der Arbeitszeit brachte er es nicht über sich. Seufzend steckte er das Handy wieder ein und widmete sich erneut den Hilfsaufgaben, während seine Gedanken in der Stadt umherschweiften und zu ergründen versuchten, wie ein Date mit Jackson wohl aussehen würde.

Einfach nur essen gehen? Oder wegfahren, raus in die Natur? Ins Kino? Vielleicht auf ein Pianistenkonzert? Je länger er darüber nachdachte, umso mehr wurde ihm klar, dass er noch lange nicht genug über sein normales Leben wusste.

Sicher, er kannte einige Grundbausteine: seinen Job, seine Wohnung, ein paar Ausschnitte aus seiner Vergangenheit. Aber er wusste nicht, ob Jack lieber zum Griechen oder zum Italiener ging, ob er gerne tanzte oder es für peinlich hielt, und ob er einen großen Freundeskreis oder nur wenige erlesene Vertraute hatte.

Natürlich hatte er zu allem davon eine Vorstellung, aber das Leben hatte ihn gelehrt, dass die Vermutungen, die man über jemanden anstellte, immer nur auf Sand gebaut waren.

Immer wieder reiste er in die Vergangenheit und durchstreifte die wenigen Erinnerungen, die er an den früheren Jackson hatte. An Philipps Vater. Aber in diesen Bildern war Jack nur ein Schatten. Er hatte kaum auf ihn geachtet. Er wusste nur noch, dass er zu Phil gesagt hatte: *Dein Vater sieht echt jung aus.* Kein Wunder, wenn die beiden nicht mal 15 Jahre auseinander waren.

Tavi schüttelte den Kopf. Vielleicht waren diese Gedanken auch etwas, das er löschen musste. Er konnte sich nicht auf ein Date mit Jack freuen und gleichzeitig darüber nachdenken, dass er Philipps Vater war. Er musste sich für eins von beiden entscheiden ... diese Welten voneinander trennen.

„Ins Theater?", fragte er aufgeregt nach. „Das finde ich toll."

Eigentlich hatte er noch einen Tag warten wollen, bevor er Jack anrief, aber als er das Büro hinter sich gelassen hatte, hatte es ihn einfach überkommen. Die vertraute Stimme an seinem Ohr sorgte seit zwei Minuten ununterbrochen für Gänsehaut.

„Gut, dann kaufe ich die Karten und schicke dir Tag und Uhrzeit. Wir treffen uns direkt dort, in Ordnung?"

Tavi nickte eifrig. „Ja, sicher. Ich bin total gespannt und ich freu mich." Ins Theater ... darauf war er vorhin nicht gekommen. Dabei war es eigentlich naheliegend, denn Jack hatte seine Vorliebe für Bühnenkunst bereits deutlich offenbart. Außerdem hatte er in dem Bereich gearbeitet. Natürlich zog so jemand das Theater dem Kino vor.

„Dann sehen wir uns." Jacks Verabschiedung war kurz und zurückhaltend, aber Tavi hatte trotzdem Herzklopfen. Seine Euphorie reichte problemlos für sie beide.

Sie würden wirklich ausgehen.

Zu Hause angekommen stürzte er sich auf seinen Kleiderschrank. Fürs Theater durfte man sich durchaus ein bisschen schicker anziehen und darauf freute er sich sehr.

Als er vor dem Spiegel posierte und kontrollierte, wie sein Hintern in der Hose aussah, blinkte sein Handy. Da war auch schon die Nachricht, die Jack ihm versprochen hatte. Freitagabend. Das passte perfekt, auch wenn es natürlich noch unendlich weit weg war.

Tavi grinste über seine eigene Ungeduld und entdeckte noch eine andere Nachricht. Sie stammte von Terry und war noch ganz frisch.

Lust, am Freitag die Clubs unsicher zu machen?

Das war echt nett von ihm. Terry versuchte, für ihn da zu sein, und wollte ihn unter die Leute bringen. Aber das war zum Glück gar nicht so dringend nötig.

Freitag habe ich schon ein Date, tippte er und kam erst kurz nach dem Abschicken auf die Idee, dass das vielleicht nicht die beste Idee gewesen war.

Echt? Du bist ja fix. Du hast gar nichts erzählt!

Tavi seufzte genervt von sich selbst. Natürlich erwartete sein Cousin jetzt, dass er ihm von dem Mann erzählte, den er treffen würde. Das war nur logisch. Aber ...

„Scheiße", murmelte er. Er konnte Terry doch nicht sagen, dass er Jack traf. Oder? Es zu verheimlichen würde im schlimmsten Fall zu einem neuen Lügenkonstrukt führen. Zu einem weiteren Doppelleben. Nicht mehr wegen seiner Sexualität, aber den Mann zu verstecken, den er traf, war auch nicht viel besser, als sich selbst zu verleugnen. Es war eine verdammte Zwickmühle. Warum waren seine Finger schneller als sein blöder Kopf?

Ich erzähl dir am Wochenende alles, schrieb er zurück und schloss die App.

KAPITEL 12

JACK STAND IN der Vorhalle des Stadttheaters, die Finger hinter dem Rücken verschränkt. Er hielt das Kinn erhoben und wich keinem Blick aus. Die meisten Menschen hier wussten ohnehin nicht, wer er war. Die Besucher kannten keine Regisseure. Wenn überhaupt, dann kannten sie nur Schauspieler.

Dennoch kam er sich ein wenig beobachtet vor. Nicht von Monty – den hatte er die ganze Zeit über noch nicht hier gesehen – aber von dem Gebäude selbst. Von den Gemälden, den Wänden und den Treppenstufen. Und es waren vorwurfsvolle Blicke.

Er hatte dieses Haus geliebt, aber es in den letzten Monaten gemieden wie einen One-Night-Stand, der einem peinlich war. Nun war er wieder hier. Als Gast. Es war ein neuer Anfang.

Tavi kam auf ihn zu, als er gerade auf die Uhr sehen wollte. Der junge Mann war eine echte Erscheinung. Sein Anzug saß perfekt und wirkte an ihm nicht wie an so einigen anderen übertrieben förmlich, sondern einfach nur elegant. Vielleicht lag es auch nicht am Kleidungsstück, sondern an der Art, wie Tavi ihn trug. Sein Lächeln nahm ihn sofort gefangen. So sehr, dass er noch nicht wusste, wie er ihn begrüßen sollte, als sie voreinander standen. Aus der Unschlüssigkeit wurde eine knappe Umarmung, die irgendwie zu viel und zu wenig gleichzeitig war.

„Es tut gut, dich zu sehen", sagte Tavi. „Auf dem Weg hierher war ich ziemlich nervös, aber jetzt wird es besser."

Nervös? Wegen ihm? Jack berührte ihn an der Schulter. „Ich bin froh, dass du gekommen bist. Es ist eine Art Premiere."

„Das Stück?"

Jack lachte leise. „Nein, das ist ein Klassiker. Aber ... ich war lange nicht mehr hier. Vor allem nicht als normaler Besucher. Und abgesehen davon ist es mein erstes Date seit bestimmt zehn Jahren."

„Was sehen wir denn?"

„Die Dreigroschenoper."

Tavis Mimik erhellte sich. „Oh, ich habe schon mal ein Stück daraus gespielt."

„Es ist ein Gesamtkunstwerk. Ich denke, das Bühnenspiel wird dir auch gefallen."

„Ganz sicher. Danke, dass du mich eingeladen hast."

Sein Strahlen war fast zu hell für diesen Raum. Jack wandte sich ab und bedeutete Tavi, ihm weiter ins Gebäude hinein zu folgen. Sie genehmigten sich einen

Schluck Sekt und wurden dann zusammen mit den anderen Besuchern eingelassen.

In der Nähe der Bühne fühlte er sich fast wie damals. Wohlbekannte Gerüche streiften seine Nase und allein das Geräusch seiner Schritte auf dem Boden dieses bedeutsamen Raumes rief Erinnerungen wach.

Für Schauspieler bestand die Bühne aus den Brettern, die die Welt bedeuteten, und auch wenn er keiner von ihnen gewesen war, hatte es sich doch so ähnlich angefühlt, ein Teil davon zu sein. Geschichten und Emotionen auf die Bühne und vor die Augen der Menschen zu bringen – das hatte ihn stets beflügelt. Es war die magische Verbindung von Kunst, Ästhetik und menschlichen Facetten, die ihn hier gefangen genommen und nicht mehr losgelassen hatte. Und zum ersten Mal spürte er wirklich einen Schmerz in der Brust, als er bei der Gewissheit ankam, dass diese Zeit vorüber war.

„Ich fühle mich richtig vornehm", sagte Tavi mit gedämpfter Stimme zu ihm herübergebeugt. „Es ist ganz anders als im Kino. Eine andere Atmosphäre. Erhabener."

Jack nickte und war dankbar dafür, dass Tavi ihn ablenkte. „Ich gehe auch gerne mal ins Kino, aber es ist doch etwas anderes, wenn die Menschen live vor deinen Augen ihre Rollen spielen. Das hat einen besonderen Zauber. Jede Vorstellung ist ein eigenes kleines Kunstwerk. Und das macht es eben auch so teuer."

Selbst aus dem Augenwinkel heraus und im wenigen Licht des Saals konnte Jackson erkennen, dass Tavi Fragen hatte, die er zurückhielt. Bestimmt wollte er mehr über seine Theatervergangenheit wissen, fragte sich vielleicht, warum er nicht mehr hier arbeitete, oder wie er zu dem Beruf gekommen war. Aber er schien auch zu spüren, dass es nicht der richtige Zeitpunkt war. Erstens hatten sie zu wenig Zeit, bevor die Vorstellung losging und zweitens war das ein Thema, das er lieber privat besprechen wollte, wenn er Tavi davon erzählte.

Es gefiel ihm, dass dieser junge Mann so ein feines Gespür dafür hatte. Dass er sich ihm nicht erklären musste.

Bald gingen die Lichter über und neben ihnen aus und die Scheinwerfer an. Musik spielte und alle Augen blickten zur Bühne. Der Zauber der Melodie füllte mühelos den ganzen hohen Raum. Niemand redete mehr.

Das Stück begann, Jack ließ sich auf die Geschichte ein, und wann immer sein Herz doch wieder schwerer zu werden drohte, warf er einen Blick auf den Mann neben sich, der ganz und gar darin versunken war.

Schauspiel und Musik trugen sie durch die Aufführung. Es machte Spaß, ein fertiges Werk zu betrachten, sich einfach zurückzulehnen und unterhalten zu werden. Jack begann, sich in der Dunkelheit des Saals immer mehr zu Hause zu fühlen. Sein Applaus mischte sich in den des restlichen Publikums und er war einfach nur ein Zuschauer, genauso erwünscht und zugehörig wie alle anderen Gäste.

Er stand jetzt auf der anderen Seite und es war nicht schlimm. Auch nicht traurig. Nur ein anderer Blickwinkel.

In ihm wuchs der Wunsch, das Mini-Theater im Maskenclub lebendiger zu machen. Vielleicht konnte er Tavi bitten, auch für die Suche nach Schauspielgruppen eine Art Anzeige zu entwerfen?

Auf jeden Fall wollte er das Projekt nicht aufgeben. Den Club selbst sowieso nicht. Er würde ihn sich nicht kaputtmachen lassen. Es war sein eigenes kleines Schmuckstück. Sein besonderes Theater, in dem jeder Raum ein Bühnenbild war und jeder Besucher ein Darsteller.

Nein, er würde nicht erlauben, dass jemand kam, und es ihm wegnahm.

Als das Stück endete, brandete erneut Applaus auf. Einige Zuschauer standen auf, um ihrer Begeisterung Ausdruck zu verleihen, und Tavi schloss sich ihnen an. Jack schaute zu ihm auf und schmunzelte über die aufrichtige Begeisterung. So trieb es auch ihn zu Standing Ovations an.

Der Beifallssturm wurde noch lauter. Die Schauspieler kamen noch einmal hinter ihrem Vorhang hervor, verneigten sich erneut und ließen sich bejubeln. Ein kraftvolles Gefühl füllte den Raum und Jack atmete tief ein, um es mitzunehmen.

Draußen umfing sie milde Nachtluft. Vor ihnen lag der von Laternen beleuchtete Theaterplatz und gegenüber der kleine Park.

„Hast du Lust, noch ein bisschen spazieren zu gehen?", fragte Jack einfach. Er wollte jetzt noch nicht nach Hause zurückkehren.

„Gerne." Tavi blieb an seiner Seite, als sie die Straße zu den Grünanlagen überquerten. Es war angenehm still um sie herum. Vom Theater her kamen die Stimmen anderer Besucher, die sich begrüßten oder verabschiedeten, aber sonst war da nur das leise Rascheln von Gräsern und Bäumen um sie herum, wenn der Wind hindurch strich.

„Wie kommt es, dass du nicht mehr dort arbeitest? War der Club so eine Art Lebenstraum von dir?"

„Ein anderer hat meinen Platz eingenommen", erklärte er leichthin. Es war die Wahrheit und er wollte keinen Eiertanz darum veranstalten. „Ich war zu dieser Zeit angreifbar, habe einen Fehler gemacht und fiel auch für ein paar Tage aus, an denen ich es eigentlich nicht gedurft hätte. Da ist er eingesprungen, das war sein Fuß in der Tür. Mein Großvater war kurz zuvor verstorben und ich hatte viel Stress mit meinen Eltern und der ganzen Organisation, die sowas nach sich zieht. Mein Vater wollte sich aus der Verantwortung flüchten. Du weißt ja, dass sie nicht so viel von Familienzusammenhalt hielten." Er räusperte sich. „Der Club ist etwas, das mir schon lange im Kopf herumgeschwebt ist. Ich hatte irgendwann diese Idee und sie hat sich im Laufe der Jahre weiter ausgeformt ... in meiner Fantasie. Ich hatte nie damit gerechnet, sie irgendwann in diesem Maß an Detailtreue umsetzen zu können, aber mein Opa hat mir eine Menge Geld vererbt. Als ich dann den Job verlor, war das der ideale Zeitpunkt für einen Neuanfang. Ich hatte Clara lange zuvor von der Idee erzählt und sie hat mich daran erinnert .... und auch noch ein bisschen was investiert."

So klang es reichlich positiv, dabei war diese Zeit keine einfache gewesen. Er hatte sich gefühlt, als würde ihm nach und nach alles Wichtige im Leben verlorengehen. Der Job war es gewesen, der ihn nach Philipps Tod einigermaßen auf Kurs gehalten hatte. Als das wegbrach, hatte er vor dem Nichts gestanden. Aber er hatte nicht aufgeben können. Also hatte er weitergemacht, sich etwas anderes gesucht, sich selbst ein neues Theater gebaut.

„Vielleicht mache ich auch bald einen Neuanfang", murmelte Tavi. „Ich hab nur noch nichts Konkretes vor Augen, was ich dann machen würde."

Jack musterte ihn von der Seite. Stand Tavis Job auf der Kippe? Wegen des Videos. Jack knirschte mit den Zähnen. Der Junge war fabelhaft in dem, was er tat. Diese Leute wären dumm, ihn wegen so einer Aktion gehen zu lassen. Sie sollten sich lieber bemühen, ihm auf die Beine zu helfen.

„Vielleicht musst du nicht komplett neu anfangen", sagte er. „Bestimmt würde dich jede andere Werbefirma gern aufnehmen." Er selbst hatte nicht einfach das Theater wechseln können. In jedem Haus in der

Umgebung hatte es schon bei seiner ersten Nachfrage geheißen, es gäbe keinen Bedarf. Heute vermutete er, dass Monty auch da seine Finger im Spiel gehabt hatte, aber es war inzwischen auch egal.

„Kann sein", sagte Tavi. „Ich will eigentlich auch nicht kündigen. Das kommt mir wie Weglaufen vor. Und eigentlich sehe ich auch schon Licht am Ende des Tunnels. Eine Kollegin hat sich mit mir solidarisiert und ich glaube, Eli wird mir verzeihen. Es muss nur ein bisschen Ruhe einkehren, dann kann ich mein Team wieder übernehmen."

Tavi wirkte zuversichtlich und sein Lächeln erleichterte Jack. Er war froh, dass der Schaden, den er angerichtet hatte, nicht so weit griff wie befürchtet.

„Also hast du das alles allein bewältigt? Den ganzen Umbruch?"

Jack hob die Brauen. „Fragst du gerade nach Ex-Freunden?"

„Ähm ... ja, vielleicht." Tavi schaute zur Seite. „Ich meine, du hast immerhin offen mit deiner Sexualität gelebt und das ist etwas, das ich jetzt erst kennenlerne. Und ich weiß, dass ich viel Mut und Kraft aus unserer Verbindung geschöpft habe. So etwas kannte ich gar nicht. Bis jetzt war es immer so, dass meine Gefühle mich eher schwächer gemacht haben, weil sie etwas waren, das ich verstecken und bekämpfen musste."

Sie kamen in der Mitte des Parks an und Jack blieb neben dem Denkmal stehen.

„Als Philipp noch da war, hat es viele abgeschreckt, dass ich Vater bin. Zu viel Stress, zu viel Verantwor-

tung. Ich hatte jemanden beim Einkaufen kennengelernt, mit dem ich mich ein paar Wochen lang traf,
wenn es irgendwie ging, aber das hat sich wieder
verlaufen. Wahrscheinlich war es ihm nicht genug.
Seit Phil tot ist, hatte ich fast nur kurze Sachen. Eine
kurze Beziehung zu einem Musiker ... vier Monate
hielt das. Wir hatten einen Streit, er ist gegangen und
es war wieder vorbei." Wahrscheinlich hatte Tavi
sogar recht: Vieles wäre einfacher gewesen, wenn er
jemanden an seiner Seite gehabt hätte. Jemanden, der
bei ihm blieb, auch wenn alles den Bach runterging.
Jemanden, an den man sich nach einem harten Tag
anlehnen und mit dem man wenigstens für ein paar
Minuten alles vergessen konnte.

„Worüber habt ihr gestritten?"

Jack schüttelte den Kopf. „Irgendwelcher Blödsinn.
Dass ich mich nicht genug öffne oder so etwas. Wir
haben nie den richtigen Draht zueinander gefunden.
Er hat versucht, mich zu verstehen und ich ihn, aber
Versuchen reicht eben nicht. Man kann keine Beziehung auf gutem Willen aufbauen. Es braucht auch
eine gewisse Chemie und damit meine ich nicht nur
Sex. Es ist wie auf der Bühne: Entweder, der Zauber
ist da, oder eben nicht. Man kann vieles lernen und
antrainieren, aber bestimmte Dinge gehen darüber
hinaus."

Tavi stand dicht vor ihm. Er hatte aufmerksam
zugehört, die Augen wieder auf seine gerichtet.

„Und wenn man die Chemie hat, ... was ist das
Nächste, das man braucht?"

KAPITEL 13

TAVI HATTE SELTEN etwas so sehr gewollt, wie diese Chance. Aber es erschien ihm so schwierig. Jack hatte die Maske abgenommen und sich ihm ganz privat gezeigt, ihn auf ein Date ausgeführt, ihm Fragen beantwortet. Und doch hatte er immer noch das Gefühl, dass ein wichtiger Teil vor ihm verborgen blieb. Als gäbe es ein weiteres Geheimnis. Etwas, das sie zurückhielt. Mehr noch als ihre Vernunft.

Er betrachtete den Mann vor sich, der größer und älter und erfahrener war als er, und der ihm trotzdem so vorkam, als würde er ihn brauchen. Ausgerechnet ihn.

„Dann muss man sich genug öffnen", sagte Jackson und deutete ein Schmunzeln an. Es war eine Referenz auf diesen Ex-Freund, aber irgendwie schien er es selbst nicht ganz abwegig zu finden.

„Ich bin sowas von offen." Tavi lächelte und überlegte, ob er Jack wirklich alles Wichtige von sich offenbart hatte. „Und ich hätte auch nicht gedacht, dass ich das kann. Immerhin habe ich jahrelang niemandem mein ganzes Ich gezeigt. Immer nur ausgewählte Teile davon. Aber im Club, mit der Maske ... und mit dir ... da ist es irgendwie einfach passiert."

„Vielleicht sollte ich die Maske nochmal aufsetzen", sinnierte Jack.

„Ich bin zu allem bereit", sagte Tavi. „Aber ... womöglich geht es auch nur um Zeit. Ich war vielleicht einfach reif dafür. Nach dem jahrelangen Verstecken. Einfach bereit, mich endlich jemandem zu zeigen wie ich bin."

„Also muss ich jemanden finden, der sehr geduldig ist, was?", fragte Jack.

„Jemand Jüngeres wäre am besten. Jemand, der weiß, wie schwer es ist, alle Masken abzulegen."

Beide mussten schmunzeln und ein warmes Gefühl breitete sich in seiner Brust aus. Er spürte, wie er Jack näherkam.

„Kann ich dich etwas fragen?"

Tavi hob neugierig die Brauen. „Na klar. Was ist es?"

„Wenn einer von den Typen, die dich früher gemobbt haben, zu dir käme, und sich entschuldigen würde ... würde dir das etwas bringen? Würde das helfen? Oder könnte es dir vielleicht schaden? Wie empfindest du das?"

Er blinzelte überrascht. Das war so überhaupt nicht das, mit dem er gerechnet hatte. Einen Moment lang musste er nachdenken. Ehrlich gesagt fiel es ihm nach der Begegnung auf dem Klassentreffen schwer, sich das vorzustellen. Die Jungs waren überhaupt nicht in der Lage, sich in ihn hineinzuversetzen. Keiner von denen schien auch nur eine Sekunde seines Lebens darauf verwendet zu haben, das zu reflektieren.

Aber wenn dieses Wunder geschehen würde ... wie würde er sich fühlen? Für Jack versuchte er, sich hineinzuversetzen. Er fühlte, wie sich seine Stirn dabei anspannte.

„Es käme darauf an, wie er es rüberbringt. Wenn ich ihm wirklich glauben kann, dass er es ernst meint ... dass er irgendwie verstanden hat, wie schlimm das damals für mich war und was es bei mir angerichtet hat ... dann würde es mir vielleicht ein bisschen helfen. Sich verstanden zu fühlen, ist gut. Und wenn jemand die Verantwortung übernimmt. Ich meine, rein logisch weiß ich, dass es nicht meine Schuld war, dass sie auf mir rumgehackt haben, aber irgendwie ist es eben doch das, was hängen bleibt. Gefühlsmäßig.“

Er senkte den Kopf und spürte sogleich eine warme Hand an seiner Schulter, die ihn streichelte. Tavi machte einen halben Schritt nach vorn und es bedurfte keiner Worte, damit Jack ganz die Arme um ihn legte.

So standen sie in der Mitte des nächtlichen Parks, in eine Umarmung vertieft und auch in ihren Herzen ganz nah beieinander. Tavi wusste nicht, warum Jack ihm diese Frage gestellt hatte, aber er spürte, dass das etwas Gutes war. Dass sie einander vertrauten.

119

„Nichts von alldem ist deine Schuld", wisperte Jack und strich ihm durchs Haar. Tavi liebte es, wenn er das tat. Er wäre am liebsten gar nicht mehr hier weggegangen. Langsam, fast wie in einem Traum, hob er den Kopf und spürte Jacks Kuss auf seinen Lippen. Eine harmlose, kleine Berührung. Sie lächelten einander an, ehe sie ihren Weg durch den Park fortsetzten, und die Welt fühlte sich gerade viel kleiner und einfacher an.

Sie spazierten durch die Stadt, redeten über die Aufführung und zwischendurch über die Auslagen in den beleuchteten Schaufenstern. Lockere, leichte Gespräche. Wie ein richtiges Date. Ohne die Last der Vergangenheit und ohne den Schutz der Masken. Nur zwei Männer. Es machte ihn glücklich.

Irgendwann schaute Jack auf sein Handy und fragte: „Soll ich dich jetzt nach Hause bringen?" Und Tavi wollte beinahe Nein sagen, damit der Abend nicht endete – dabei hatte er das längst getan. Er hatte sich selten so wach um Mitternacht gefühlt.

Mit klopfendem Herzen ließ er sich nach Hause begleiten. Jack brachte ihn bis zur Schwelle, aber mit hinaufkommen wollte er nicht. Im ersten Moment fand er das enttäuschend, dann küsste Jackson ihn und das Gefühl verflog. Vielleicht war es genau richtig, dass sie es so machten, auch wenn es unerwartet schwerfiel.

„Wann sehen wir uns wieder?", fragte Tavi, als sie sich voneinander lösten.

„Wir können uns jetzt jederzeit sehen." In Jacksons Zügen lag etwas Neckendes. „Es wird sicher nicht lange dauern." Er hatte recht. Selbst als sie sich noch nicht hatten verabreden können, waren sie sich immer wieder begegnet. Ihre Anziehung war ein Naturgesetz.

„Na gut", murmelte er und stahl noch einen letzten Kuss, bevor er Jack gehen ließ. „Bis dann."

Tavi schloss die Tür auf und bevor er eintrat, warf er noch einen Blick zurück, um zu sehen, wie Jackson am Ende der Straße um die Ecke bog.

Wow ... er hatte nicht gedacht, dass es sich so anfühlen könnte. So schön und so klar. So anders als das Chaos in seinem Kopf. Vielleicht gab es diese Zukunft wirklich, von der er die ganze Zeit geträumt hatte. Jetzt gerade kam sie ihm verdammt nah vor.

*

Sobald Jack um die Ecke gebogen und damit außerhalb von Tavis Sichtfeld war, holte er sein Telefon aus der Manteltasche und öffnete das Foto, das vorhin angekommen war.

Es kam von einer Nummer, die nicht in seinem Adressbuch eingespeichert war. Jack ahnte, wem sie gehörte.

Seine Schritte beschleunigten sich. Hatte sich die Nacht eben zusammen mit Tavi noch lau angefühlt, schien sie jetzt kälter und windiger zu werden. Jack begann, sich wieder mehr umzusehen, musterte die wenigen Menschen genau, die seinen Weg kreuzten.

Das Foto war ohne einen Text gekommen. Es war einfach nur da und leuchtete ihm vom Display entgegen. Er wusste auch so, was es bedeutete. Eine Drohung. Ein Ich-weiß-dass-es-jemanden-gibt-der-dir-wichtig-ist.

Das Bild zeigte Tavi und ihn im Park. Es musste von weiter weg aufgenommen und vergrößert worden sein, denn es war reichlich verpixelt.

Hatte MacMillan sie zufällig entdeckt? War er gar in derselben Vorstellung gewesen oder zufällig in der Nähe des Theaters? Oder hatte er ihn beobachtet, beschattet wie einen Verbrecher?

Jack blickte sich ein letztes Mal um, bevor er sein eigenes Zuhause erreichte und in den Schutz des Gebäudes eintrat. Ihm war nicht wohl bei der Sache und sein Magen bewegte sich ähnlich schnell wie seine Gedanken, die von einer Frage zur nächsten zuckten.

So ähnlich musste Tavi sich gefühlt haben, als er ihm die Nachrichten gesendet hatte. Beobachtet, verfolgt. Sein Nacken kribbelte.

Er zog die Wohnungstür leise zu und drehte den Schlüssel im Schloss.

Es konnte nicht MacMillans Absicht sein, unerkannt zu bleiben. Er drohte ihm mit denselben Worten wie im Club und vermutlich war das sogar seine echte Nummer. Kein Versteckspiel.

Ich will, dass du alles verlierst, was du hast. Alles, was dir wichtig ist.

Ein kalter Schauer lief über seinen Rücken. Real wie Eiswasser, das über seine Haut perlte. Vielleicht war MacMillan zufällig darauf gestoßen. Als sie miteinander gesprochen hatten, war nur von dem Club die Rede gewesen. Dass er ihm nun vielleicht auch noch etwas anderes wegnehmen konnte, musste ihm eine diebische Freude sein.

Sorge befiel ihn. Jack wechselte das Nachrichtenfenster und tippte: *Kannst du gut schlafen?*

Der Text ging an Tavi. Angespannt beobachtete er, ob eine Antwort kam. Es dauerte nur Sekunden, bis sich etwas bewegte.

Betten sind irgendwie nicht dafür gemacht, dass man allein in ihnen liegt. Das habe ich früher nie erkannt.

Also ging es ihm gut. Erleichtert stieß Jack den Atem aus.

Nächstes Mal wieder, schrieb er. *Gute Nacht und pass auf dich auf.*

Was konnte MacMillan tun? Ob er Zugriff auf sein Handy hatte? Unwahrscheinlich ... er trug es immer bei sich und kannte zumindest die üblichsten Schlupflöcher. Wie würde er versuchen, ihm Tavi wegzunehmen? Würde er offen auf ihn zugehen und versuchen, einen Keil zwischen sie zu treiben? Indem er ihm Dinge erzählte, die den Jungen verunsicherten? Wusste er überhaupt, wer Tavi war oder hielt er ihn für irgendeinen Fremden?

Würde er ihm wehtun, nur um ihm zu schaden? Das konnte er nicht zulassen. Tavi hatte genug gelitten. Er verdiente Ruhe und ein bisschen Glück.

Jack setzte sich auf die Bettkante und öffnete wieder das Fenster mit dem Foto. Er tippte MacMillans Nummer ein und speicherte sie. Nun erschien sein Name als Absender. Toby MacMillan.

Sollte er etwas antworten? Oder war es besser, eine Nacht darüber zu schlafen? Er durfte nichts Falsches sagen. Aber würde er denn überhaupt ein Auge zumachen können?

Was möchtest du von mir?

Er hatte kein Geld – jedenfalls keines, das er einfach ausgeben konnte –, aber wenn es der einzige Weg war, würde er welches organisieren.

Die Antwort kam prompt und sie gefiel ihm nicht.

Das weißt du bereits. Und ich werde es bekommen. Keine Sorge, du musst nichts dafür tun.

Wut stieg in ihm auf und Jack musste das Handy beiseitelegen, um nicht in Versuchung zu geraten, es gegen die Wand zu schmeißen.

Ging es wirklich nur um die dummen Sprüche? Sollte er jetzt dafür büßen, dass dumme Teenie-Jungs Scherze darüber gemacht hatten, dass er nach der Schule seine Klassenlehrerin fickte? Das war nie passiert. Er hatte Frau MacMillan verehrt, war ihr wahnsinnig dankbar gewesen. Keiner hatte an dieses bescheuerte Gerücht geglaubt. Es war doch nur blödsinniges Gerede gewesen.

Es war zum Verrücktwerden. Toby war nicht bereit, ihm seine Beweggründe zu erläutern, das wusste er. Er würde nicht auf Fragen antworten.

Aus einer spontanen Idee heraus, setzte er sich nochmal an den PC und tippte den Namen seiner Lehrerin ein. Sie war Tobys Mutter. Vielleicht konnte sie ihm Klarheit verschaffen.

Toby würde es sicher nicht gut finden, wenn er sie besuchte. Aber welcher andere Weg blieb ihm? Inzwischen hatte er ein Gespür dafür entwickelt, wo sich Geheimnisse versteckten ... und hier gab es definitiv eines. Eines, das er lüften musste, um sich und Tavi zu beschützen.

KAPITEL 14

KEINE LÜGEN MEHR. Es klang wie ein gutes Lebensmotto, aber es war verdammt schwer einzuhalten.

Er traf Terry auf dem Spielplatz, den sie als Kinder manchmal besucht hatten, und in den Augen seines Cousins stand bereits die gespannte Erwartung, die er gleich enttäuschen würde.

Noch freute er sich für ihn, das konnte er sehen.

„Du siehst gut aus", sagte er und klopfte ihm auf die Schulter. „Das mag ich."

„Ja, ich auch", murmelte Tavi und schenkte ihm ein schiefes Lächeln. Es ging ihm wirklich gut und selbst der Gedanke an die Arbeit, die am Montag weiterging, störte ihn nicht. Er war optimistisch, dass sich schon alles irgendwie fügen würde. Diese neue Stärke kam aus seiner Beziehung zu Jack. Aus diesem warmen Gefühl, das seinen ganzen Körper durchfloss, wenn er an ihn dachte. An seine Küsse und Jacks Hand in seinem Haar.

„Also, jetzt erzähl schon."

Zögerlich hockte Tavi sich an den Rand des Sandkastens, nahm einen Stock in die Hand und zog damit ein paar Linien durch die gelben Körner.

„Wie heißt er?"

„Jack."

„Oh, der Name ist schon mal gut. Jacks sind sexy. Aber können auch ziemliche Player sein." Terry setzte sich auf den hölzernen Rand des Sandkastens und schaute ihm zu. „Erzähl mir mehr."

„Er ist Ende dreißig und besitzt seine eigene Firma."

„Wird ja immer besser. Wir mögen Männer, die mit beiden Beinen im Leben stehen. Die wissen, was sie wollen, sind selbstbewusst ..." Terry geriet richtig ins Schwärmen und Tavi spürte, wie es jetzt schon immer schwieriger wurde, die Bombe platzen zu lassen.

„Wir kennen uns jetzt seit zwei Monaten und wahrscheinlich geht es zu schnell, aber ich steh total auf ihn und bin echt happy. Und der Sex ist der Wahnsinn."

„Aber? ... Das klingt extrem nach einem dicken Aber."

Tavi nickte. „Er ist derjenige, der mir die Nachrichten geschickt hat."

„Der Erpresser?", fragte Terry. „Der das Video ... Alter, du verarscht mich doch."

„Nein, es ist so."

„Hast du noch alle Latten am Zaun?"

„Es ist kompliziert." Tavi seufzte. „Ich kann dir das nicht in einem Satz erklären. Es sind viele Dinge passiert, die sich gegenseitig beeinflusst haben. Wir sind Teil der Vergangenheit des jeweils anderen. Ich habe auch etwas getan, das ihn sehr verletzt hat. Lange vorher."

Terry runzelte die Stirn. „Also seid ihr jetzt quitt, oder was? Sorry, Kumpel, aber das klingt echt nicht besonders gut."

„Ich weiß, wie es klingt. Aber ... ich weiß auch, wie es sich anfühlt und gerade bin ich echt glücklich."

Sein Cousin schaute ihn an wie einen Drogensüchtigen, der gerade verkündet hatte, dass er keine Entziehungskur machen brauchte, weil er allein klarkam.

„Verzeih, wenn es mir schwerfällt, mich da mit dir zu freuen. Aber ich hab wirklich Angst, dass du auf die Fresse fliegst."

Tavi strich den Sand glatt und begann, ein neues Muster zu malen. Was sollte er Terry sagen? Wahrscheinlich gab es nichts, das ihn umstimmen würde.

„Okay, du musst echt verknallt sein, wenn dir das egal ist", grummelte Terry weiter. „Ist ja allgemein bekannt, dass der Verstand da aussetzen kann. Darüber musst du dich hinwegsetzen. Scheiß auf den Sex ... der Mistkerl wird dir nur schaden. So wie er es schon getan hat."

Tavi fasste den Stock fester und steckte ihn senkrecht in den Sand, ehe sein Blick wieder Terrys traf. „Du kennst ihn überhaupt nicht. Du hast keine Ahnung, was *wirklich* Sache ist."

„Ich habe einen klaren Blick auf die Realität und die ist, dass er dich erpresst und bloßgestellt hat. Ein erwachsener Mann, der genau weiß, was er tut. Sorry, aber ich brauche nicht mehr über ihn zu wissen, um zu merken, dass er eine Gefahr ist."

„Dann lebe ich wohl jetzt gefährlich", erwiderte Tavi schnippisch. Er wollte nicht kindisch sein, aber auch er war aufgewühlt.

„Tavi ...", murmelte sein Cousin und rang die Hände. „Ich will doch nur nicht, dass du so auf die Fresse kriegst wie ich. Du hast doch schon genug Mist abbekommen. Du solltest jetzt endlich einen Typen abbekommen, der lieb und aufrichtig ist. Bei dem du sicher bist und der dir Geborgenheit schenken kann."

Er zwang sich, einen Moment lang nichts zu sagen und stattdessen durchzuatmen. Terry wollte nur sein Bestes. Wenn er ihn anschrie, verlor er nur noch einen Freund. Das wollte er nicht.

„Ich bin dankbar für deinen Beistand und dass du dir Sorgen um mich machst. Die sind sicherlich auch nicht ganz unbegründet, aber bitte versuch mir zu glauben, wenn ich dir sage: Ich hab das alles. Jack ist lieb und aufrichtig zu mir und ich fühle mich verdammt geborgen bei ihm. Wirklich."

Terry kniff die Lippen zusammen, dass sie ganz schmal und weiß wurden. Wirklich überzeugt schien er nicht. Aber er wetterte nicht weiter, sondern wollte wohl ebenfalls den Frieden wahren.

„Versprich mir, dass du vorsichtig bist. Dass du aufmerksam wirst, wenn er was Komisches macht. Und dass du mich anrufst, wenn du Hilfe brauchst."

„Okay", sagte er und war erleichtert über den versöhnlichen Ausdruck auf Terrys Gesicht.

*

Er fühlte sich verfolgt, als er über die Stadtgrenze hinausfuhr. Obwohl im Rückspiegel niemand zu sehen war und die weite Landschaft sich friedlich im Schein der Sommersonne vor ihm ausbreitete, blieb die Unruhe in seinem Körper stecken wie ein vergifteter Dorn.

Hoffentlich war das nicht die falsche Entscheidung. Aber er konnte auch nicht nur herumsitzen und abwarten, was Toby tat. Er musste der Sache auf den Grund gehen. Er brauchte Wahrheiten. Keine Geheimnisse mehr.

Jack versuchte, sich mit der Musik aus dem Radio auf andere Gedanken zu bringen. Seine alte Klassenlehrerin wiederzusehen, war eigentlich eine schöne Sache und sie hatte sich am Telefon auch sehr gefreut, von ihm zu hören. Er wollte nicht mit einer finsteren Miene bei ihr eintreffen.

Das Fahren auf der Landstraße hatte eine beruhigende, fast meditative Wirkung. Alles war so gleichmäßig und ungestört. Die Felder, der blaue Himmel, der Asphalt. Als gäbe es gar nichts Schlechtes in der Welt.

In der Ferne tauchte eine kleine Siedlung zwischen den Bäumen auf. Jack warf einen Blick auf die Uhr. Er war jetzt eine halbe Stunde unterwegs. Das passte zu der Schätzung, die das Internet ausgespuckt hatte, als er ihre Adresse eingegeben hatte.

Das Dörfchen sonnte sich im Grünen. Jack trat auf die Bremse und ließ den Wagen in die Ortschaft rollen. Wie anders die Welt hier aussah. Kleine Häuser mit wilden, bunten Gärten wuchsen hier aus dem Boden. Sie drängelten nicht, sondern lagen wie einzelne, kleine Inseln da und warteten auf Besucher.

Die Gehwege waren schmal und ein bisschen schief. Fahrräder und Autos standen unter den Carports oder vor kleinen Garagen. Vorn auf der Kreuzung prangten bunte Kreidemalereien.

Jack warf einen Blick auf das Navigationssystem, um herauszufinden, in welcher Richtung sein Ziel lag. Er bog ab und ließ seinen Blick von Hausnummer zu Hausnummer fliegen.

Da war es. Ein graues Häuschen mit orange-rotem Dach und einer Hollywoodschaukel im Vorgarten. Das Grün wirkte ein wenig verwildert. Viel Löwenzahn und andere Unkräuter. Den Insekten schien das allerdings zu gefallen.

Jackson parkte den Wagen direkt an der Straße und stieg aus.

Das Gartentor war offen und die Schmetterlinge flatterten davon, als er den schmalen Weg beschritt, der zur Eingangstür des Hauses führte.

Er drückte die Klingel. Ein klassisches Ding-Dong erklang und ließ die Anspannung in ihm wieder wachsen. Jackson widerstand dem Drang, aufs Handy zu schauen und zu überprüfen, ob Toby ihm jetzt bereits eine Drohnachricht geschickt hatte, die offenbarte, dass er wusste, wo er war.

Jetzt war es ohnehin zu spät, um einen Rückzieher zu machen.

Eine ältere Frau öffnete ihm. Er erkannte sie sofort. Die hohe, kluge Stirn war um ein paar Falten reicher, aber die Haare weiterhin blond und die Augen noch genauso freundlich und klar. Bestimmt beherrschte sie auch den strengen Blick von damals noch – jetzt allerdings lächelte sie.

„Jackson ... es ist so schön, dass du mich mal besuchst."

„Hallo Frau Mac..."

„Nenn mich Conny, tu mir den Gefallen, junger Mann."

Er lachte und gab sich mit einem Nicken geschlagen.

Als er ihr Haus betrat, fühlte er sich kleiner und jünger. Es war ein gemütliches Häuschen mit farbenfrohen Vorhängen und vielen Büchern in den Regalen. Winzige Bilderrahmen in allen möglichen Formen bedeckten die Wände. Vermutlich Bilder von ehemaligen Schülern.

Hatte sie ihn damals nicht auch um eines von Philipp gebeten? Jack suchte danach, während er Conny ins Wohnzimmer folgte. Dort angekommen entdeckte er es tatsächlich in einem quadratischen, blauen Rahmen. Phil lag in seinem Bettchen und er selbst stand daneben, die Hände auf den Rand des Gitters gelegt. Er war wirklich wahnsinnig jung gewesen.

Conny wies ihm einen Platz auf dem Sofa zu und Jack ließ sich dort nieder. Sein schweifender Blick inspizierte den Rest des Raumes. Alles wirkte recht klein und fast ein bisschen eng, auch wenn es trotzdem Gemütlichkeit verströmte.

„Wohnst du allein?", fragte Jack.

„Ernest wäre beleidigt, wenn ich das bejahen würde", erwiderte sie und stellte zwei Kaffeetassen auf den Sofatisch.

„Dein Mann?", fragte er. Er erinnerte sich ehrlich gesagt nicht mehr daran, wie Conny Ehemann hieß. Sie hatte ihn damals ein paar Mal erwähnt – vor allem, wenn es darum gegangen war, dass es ihn verärgerte, wenn sie zu lange für die Nachhilfe wegblieb.

Conny lachte. „Mein Kater. Ich habe ihn nach Hemingway benannt. Aber er ist recht scheu, wenn neue Besucher da sind. Du wirst ihn kaum zu Gesicht bekommen."

„Ach so." Jack ließ einen Zuckerwürfel in seinen Kaffee fallen und rührte um. „Ich habe auch einen Kater. Er gehörte Philipp. Ich glaube, ich bin nicht für Katzen gemacht, aber wir kommen miteinander aus."

Conny schenkte ihm einen mitfühlenden Blick. Conny war damals auch zur Beerdigung gekommen, hatte ein wenig mit ihm geredet, war aber auch schnell wieder verschwunden. Es war ein Tag, an den Jackson sich nicht gern erinnerte, weswegen er die Bilder schnell wieder beiseiteschob.

„Wenn du Tipps brauchst, kannst du dich gern an mich wenden", sagte sie und setzte sich zu ihm.

„Ich bin tatsächlich wegen eines Tipps hier", setzte er an. „Allerdings nicht zu Katern."

„Du weißt ja: Ich helfe gerne, wenn ich kann."

Er nickte. „Es ist vielleicht eine seltsame Frage, aber ... ist damals irgendetwas mit Toby passiert? Ich habe ihn kürzlich getroffen und hatte das Gefühl, dass er ein wenig bitter ist." Näher ins Detail würde er nicht gehen. Er wollte Conny nicht beunruhigen oder den Eindruck erwecken, dass er wie ein Schulkind bei ihr petzen ging. Er wollte nur ihren Blick auf die Situation kennenlernen.

„War er garstig zu dir? Entschuldige. Ich glaube, alle Jungs aus seiner Schulzeit erinnern ihn an die Trennung. Kyle und ich haben damals schon keine wirklich intakte Ehe mehr geführt. Was sicherlich auch zum Teil meine Schuld war. Ich habe meine Arbeit geliebt, bin oft länger geblieben und habe zu Hause noch Projekte vorbereitet und viel von der Klasse geredet. Er hat mir oft vorgeworfen, dass ich kaum noch meine ehelichen Pflichten, wie er es nannte, erfüllt habe, und die Arbeit dafür verantwortlich gemacht." Während sie erzählte, machte sich in Jack bereits eine Ahnung breit, wohin das führte. Ihre Nachhilfe-Abende bei ihm hatten der Beziehung sicherlich nicht geholfen. Im Gegenteil.

„Eigentlich war die Trennung unausweichlich. Es hat sich lange angebahnt, aber für Toby war es trotzdem ein Schock. Er war zwar schon achtzehn, aber ein Kind bleibt doch immer das Kind seiner Eltern." Ein nachsichtiges Lächeln zeichnete sich auf ihren Zügen ab. „Aber inzwischen hat er sich gut damit arrangiert, denke ich. Er ist immer noch böse auf mich, das weiß ich, aber er hat in Kyles neuer Familie einen Platz gefunden. Seinen Stiefbruder Monty scheint er sehr gern zu haben. Ich hoffe, dass er glücklich ist."

Moment. Monty? War das ein Zufall?

„Das ist eine traurige Geschichte", sagte Jack. Conny war herzensgut. Dass ihr eigener Sohn sie jetzt missachtete, war einfach nicht richtig. Aber es passte ins Bild. Wahrscheinlich gab er ihr und ihm die Schuld am Zerbrechen seines Elternhauses. „Hast du zufällig ein Foto von diesem Monty?"

KAPITEL 15

AN DIESEM SOMMERTAG trafen sie sich in der Stadt. Die Luft in der Einkaufspassage war warm und durchzogen von den Düften der Restaurants, auf deren Terrassen sich die Besucher tummelten.

Tavi schlenderte neben Jack her, der wie immer ein wenig schweigsam war, aber doch hin und wieder einen Kommentar zu einem Schaufenster abgab. Immer, wenn Jack etwas sagte, wollte er die Augen schließen und alles andere ausblenden. Alle Farben und Bewegungen, die ihn ablenken könnten.

Weiter hinten auf dem Markt, waren heute zahlreiche Handwerksstände aufgebaut. Sie gehörten zum Crafters-Festival, das die ganze Woche über gefeiert wurde.

Allerlei Kleinkram baumelte von den Ständen. Halsketten, handgefertigte Taschen, Halstücher. In einer der Auslagen entdeckte Tavi bemalte Okarinas, an einer anderen Stelle Spieldosen und Schmuckkästchen. Das meiste war ziemlich kitschig, weswegen Tavi versuchte, sich nicht zu lange damit aufzuhalten – Jack gefielen diese Dinge sicher nicht so gut.

„Willst du dir nichts ansehen?", fragte der ihn plötzlich und wurde langsamer.

Verwundert hielt Tavi inne und schaute in Jacks fragendes Gesicht.

„Doch, schon", erwiderte er zögerlich und trat näher an seinen Begleiter heran. „Ich dachte nur, das hier wäre nicht so dein Ding."

Jackson runzelte die Stirn. „Ist doch egal. Wir sind hier, um uns alles anzusehen. Ich muss ja deswegen nicht gleich meine Wohnung umdekorieren. Oder den Club."

„Okay." Tavi kehrte um und nahm sich nun doch die Zeit, sich die Stände näher anzusehen. Als er die Halsketten betrachtete, die sanft im Wind wehten, fragte er sich, ob sein Zögern nur etwas mit Jack zu tun hatte, oder ob er nicht vielleicht schon wieder eine Rolle spielte.

Der Octavius, den er für die Außenwelt geschaffen hatte, hatte einen guten Geschmack, kleidete sich modern und erwachsen. Für Halsketten mit bunten Glasperlen und Herzchenanhänger war da kein Platz.

Auch der echte Tavi musste sich so etwas nicht umhängen ... aber die farbenfrohe Auswahl anzuschauen, gefiel ihm schon. Er musste wohl weiterhin jeden Tag daran arbeiten, die Maske unten zu lassen.

„Manchmal kann man aus den absurdesten Dingen Inspiration ziehen. Ist das bei dir nicht so?", fragte

Jackson, als sie vor einer Okarina standen, die wie ein rosafarbener Wal gestaltet war.

Tavi lächelte ihn an. „Doch, manchmal schon", gab er zu. „Ich dachte nur ... ich wollte nicht ..." Kindisch rüberkommen. Das war es. Er schüttelte den Kopf. „Dass du dich langweilst."

„Denk nicht so viel nach." Jack strich ihm durchs Haar und Tavi wollte das kleine Lächeln auf seinen Lippen küssen. Und gerade, als er entschieden hatte, es nicht zu tun, sondern sich abzuwenden, wurde ihm klar, dass er es schon wieder machte.

Kurzentschlossen stellte er sich auf die Zehenspitzen und stahl sich den Kuss, als wäre nichts dabei.

Die kleine, flüchtige Berührung durchzuckte kribbelnd seinen Körper und sein Herz schlug ein bisschen schneller, so als hätte er gerade etwas Gefährliches getan und sei davongekommen.

Dabei war es nur ein Kuss.

Jack schaute ihn an und Tavi fragte sich, ob es sich für ihn genauso anfühlte. Oder ob es ihm leichter fiel. Auch ohne die Maske war es nicht so einfach, Jacks Gesicht zu lesen. Es konnte manchmal genauso schweigsam sein, wie der Mann, zu dem es gehörte.

Terrys Worte fielen ihm wieder ein. Dass er vorsichtig sein und Jack nicht trauen sollte. Konnte man überhaupt vorsichtig sein, wenn es um das Herz ging? Konnte man sich vorsichtig verlieben? Vorsichtig verrückt nach jemandem sein?

So wie seines klopfte, wenn er Jack einen Moment länger ansah, fiel es ihm schwer, daran zu glauben.

Aber es stimmte ... da waren Unsicherheiten zwischen ihnen. Augenblicke, in denen er eine Distanz zwischen ihnen fühlte, die ihn einschüchterte.

Als wären da noch mehr Geheimnisse.

„Wenn dir etwas gefällt, dann kauf es ruhig. Ich kann damit leben, wenn du rosa Okarinas magst. Oder Sonnenblumenhalsketten." Jacks Schmunzeln ließ ihn seine Sorgen beinahe wieder ganz vergessen. „Wir sind zusammen hier, weil wir uns kennenlernen wollen, also ... wäre es kontraproduktiv, wenn du dich aus irgendwelchen Gründen zurückhältst."

Ja, Jack hatte recht. „Das gilt dann aber auch für dich", erwiderte Tavi.

„Ich tue mein Bestes."

Als sie weitergingen, war es wie ein kleiner Neuanfang. Statt den Platz nur zu überqueren, nahmen sie sich Zeit für jeden einzelnen Stand. Tavi wies Jack auf jeden einzelnen Löwen hin, den er finden konnte – sei es als Zeichnung, oder als Anhänger, und Jack fing bald an, sich mit Engel-Referenzen zu revanchieren. Es wurde zu einem kleinen Wettkampf zwischen ihnen, den er haushoch gewann, denn irgendwie lagen Löwen hier deutlich mehr im Trend als Engel.

Es war ein beinahe alberner Nachmittag und sein Herz fühlte sich deutlich leichter an, als sie den Marktplatz verließen. Nach einer Weile allerdings kehrte das Schweigen zurück und Jackson schaute wieder öfter auf sein Handy.

Ein bisschen erinnerte ihn an das an ihn selbst. Als er die Nachrichten bekommen hatte. Erpressernachrichten von Jack. Ob er noch andere Handys gehackt hatte? Durch den Club kam er ja leicht an die Mobiltelefone der Besucher heran. Aber ... wozu? Nein, das war absurd. Er ging sicher nicht mit ihm auf ein Date und verschickte dabei ein paar Drohungen.

Tavi schüttelte den Gedanken ab und suchte nach einem Gesprächsthema.

„Warum eigentlich die Löwenmaske? Hattest du die einfach herumliegen oder wie kam es dazu?"

Jack steckte das Handy ein und warf ihm einen Blick zu. „Ich habe sie anfertigen lassen. Extra für meinen Aufenthalt im Club. Ich wollte etwas Edles, das gleichzeitig stark und elegant ist. Besonders genug, um aufzufallen, aber nicht vollkommen abgehoben."

„Hast du die Monster-Masken gesehen, die einige aufhatten? Also ich würde nicht mit jemandem ficken wollen, der wie ein eiternder Zombie aussieht."

„Die besonders geschmacklosen haben wir darauf hingewiesen, dass sie beim nächsten Mal etwas tragen sollen, das die anderen Gäste nicht verstört. Die meisten haben angegeben, dass sie unbedingt den Club besuchen wollten, aber nur die Maske vom letzten Halloween zur Hand hatten. Dass wir auch welche zum Verleih anbieten, kam irgendwie nicht an."

„Ich mochte deine Maske echt gerne. Wie sie geglänzt hat."

„Woher hattest du deine? Sie sah aus, als käme sie direkt vom venezianischen Karneval."

„Mein Opa hat sie angefertigt. Er hatte einen kleinen Laden für Verkleidungen. Also Karnevalskostüme vor allem. Er hat am liebsten Masken gemacht, aber auch Kleider und alles Mögliche andere."

„Er hat nicht zufällig Interesse daran, ein paar exklusiv für den Club anzufertigen?"

Tavi musste lächeln, obwohl sein Herz ein wenig schwer von dieser Frage wurde.

„Das hätte er ganz bestimmt gemacht, aber leider ist er schon verstorben."

„Oh, das tut mir leid."

„Schon gut. Ich denke, es freut ihn auch im Himmel, dass du Interesse an seinem Handwerk hast. Keine Ahnung, wie er zum eigentlichen Zweck des Clubs stehen würde, aber ... den Kunstaspekt hätte er zu würdigen gewusst."

Sie redeten noch eine Weile über Masken und die künstlerische Arbeit, die hinter solchen Einzelstücken steckte. Währenddessen sank die Sonne hinter die Häuser und ließ die Schatten länger und die Luft kühler werden.

Nach und nach gingen die Laternen an. Sie genehmigten sich einen kleinen Snack und zogen weiter. Tavi spürte, dass es Zeit wurde, sich zu verabschieden, aber es gefiel ihm nicht. Der Tag war wieder viel zu schnell vorbei.

„Möchtest du noch mit rein kommen?", fragte er, als sie schließlich vor seinem Wohnhaus standen.

Terrys Stimme in seinem Kopf tadelte ihn für den Vorstoß. Wahrscheinlich hätte er ihm empfohlen, ihn auf keinen Fall in absehbarer Zeit in seine Wohnung zu lassen, den privatesten Ort von allen.

Aber die Worte waren ausgesprochen. Unvorsichtig aber auch direkt aus seinem Herzen, das wie zur Bestätigung stärker in seiner Brust klopfte. Vor Aufregung und ein bisschen auch aus Angst, Jackson könne sein Vertrauen doch missbrauchen.

„Gern", erwiderte Jack.

„Aber es ist nicht so schick wie bei dir." Tavi versuchte, entspannt zu bleiben, aber als Jack hinter ihm die Treppe hinaufstieg, lief ihm doch ein kleiner Schauer über den Rücken. Sie wussten beide, wohin das führte. Zu etwas, das unvorsichtig und unvernünftig war ... und zugleich genau das, was er brauchte.

KAPITEL 16

TAVIS WOHNUNG WAR kühl und modern. Blau- und Grautöne dominierten die Einrichtung. Es überraschte ihn, wie wenig originell alles wirkte. Nicht, dass es schlecht aussah, aber irgendwie so wenig nach Tavi. Oder vielleicht doch. Je nachdem.

Wahrscheinlich ergab es Sinn, dass diese Wohnung dem Tavi gehörte, der sich vor seinen Mitmenschen versteckte. Vielleicht würde sie sich mit der Zeit verändern und anpassen.

„Ein Kaffee?", fragte Tavi. Er klang ein wenig unruhig, oder bildete er sich das nur ein? Machte es ihn nervös, dass sie zu zweit waren? Das wäre schon ziemlich niedlich gewesen. Es war schließlich nicht das erste Mal.

Er nickte und lehnte sich in den Türrahmen der kleinen Küche. Unter dem Fenster stand ein Tisch, an dem zwei Leute hätten Platz nehmen können, aber ein Laptop nahm fast die ganze Fläche ein. Daneben stand noch eine benutzte Tasse. Anscheinend hatte Tavi hier fleißig gearbeitet. An seiner Kampagne? Schweigend wartete er und sah Tavi dabei zu, wie er den Kaffee machte und ihm eine Tasse und Zucker bereitstellte. Jack bedankte sich und rührte einen Löffel voll in die dunkle Flüssigkeit ein. Dann folgte er seinem Gastgeber in das andere Zimmer, das eine Mischung aus Wohn- und Schlafbereich war.

Das Bett verbarg sich hinter einem Wandschirm, der wiederum von einigen Topfpflanzen versteckt wurde. Wohl die beste Lösung unter diesen Umständen.

„Das erinnert mich an meine erste Wohnung mit Phil. Ich wollte unbedingt, dass er sein eigenes Zimmer bekommt, deswegen hatte ich nur eine Ecke des Wohnzimmers für mich reserviert."

„Das stelle ich mir anstrengend vor. Wenn man sich nicht richtig zurückziehen kann. Ich hätte gerne mehr Platz, aber immerhin muss ich ihn mir nicht mit jemandem teilen", sagte Tavi und blieb neben dem Sofa stehen.

Auch Jackson hatte sich bisher nicht gesetzt. Er trank seinen Kaffee an die Wand gelehnt.

„Du verdienst doch bestimmt genug für eine etwas größere Wohnung?"

„Ich hatte darüber nachgedacht. Aber ich glaube, jetzt gerade ist nicht der beste Moment für Umzüge." Er lächelte ein wenig schief.

Ja, für Tavi war es gerade eine unsichere Situation. Ob er den Job behalten, seine alte Stellung zurückbekommen würde. Jack blickte zu Boden. Er hoffte wirklich, dass sich bei Tavi alles wieder einrenken würde.

„Wenn ich jetzt eine neue Wohnung beziehen könnte, würde ich sie ganz anders einrichten. Das würde mir Spaß machen. Ein bisschen mehr Farbe wäre gut. Jetzt nicht gleich den ganzen Pride-Regenbogen, aber ein paar Akzente hätte ich echt gerne."

„Wenn ich dir helfen kann, sag's mir."

Tavi schmunzelte. „Auf jeden Fall. Dich lasse ich das Schlafzimmer übernehmen. Dann zieht der Maskenclub-Flair direkt in meine Wohnung ein."

Jack stellte die Tasse auf dem Schrank neben sich ab und ging auf Tavi zu. Es war nicht nur die Erwähnung des Clubs, die ihn zu ihm trieb. Da war auch eine gewisse Sehnsucht nach seinen Berührungen und seiner Nähe. Draußen hatte er das nicht stillen können.

Zuerst war er sich nicht sicher, ob Tavi es überhaupt wollte. Zwar hatte er ihn eingeladen, aber dann doch ein wenig scheu auf ihn gewirkt. Nun allerdings, kam er ihm entgegen, schmiegte das Gesicht gegen seine Hand und erwiderte den Kuss zart aber doch hungrig.

Jack ließ die Hände in Tavis Haare gleiten, wo sie durch die dunklen Locken strichen und sich an dem weichen Gefühl erfreuen konnten. Während sie sich weiterhin küssten, schlangen sich Tavis Arme um seinen Nacken und sein Körper drückte sich enger an ihn. Der wohlbekannte Duft schmeichelte seiner

Nase und Jack atmete ihn ein wie eine Droge. So ähnlich fühlte es sich tatsächlich an. Nicht nur sein Geruch ... alles an diesem Moment. Wenn sie sich so nahe waren, war das wie ein Rausch. Als würde ihm die Kontrolle entgleiten und eine fremde Macht das Ruder übernehmen.

Seine Hände wanderten an Tavis Nacken entlang, weiter nach unten, streichelten seinen Rücken und fühlten jeden Zentimeter.

Es waren lange, innige Küsse. Tavis Lippen waren so weich und süß, dass Jack kaum genug von ihnen bekommen konnte. Er liebte es, sanft an ihnen zu zupfen, und wie sie ganz leicht zitterten, wenn er seine Zunge dazwischenschob.

Es war nur ein Kuss und trotzdem erntete er ein erregtes Seufzen, als er ihr Spiel vertiefte. Wenn es nach ihm gegangen wäre, wären sie längst eine Stufe weiter gewesen, aber er überließ es ihm, das Tempo vorzugeben.

Schließlich leitete Tavi ihn zu seinem Bett, zog ihn am Kragen mit sich auf die Matratze, lag heiß und zittrig vor Erregung unter ihm. Jack küsste Tavis Hals und rieb seinen Schoß an ihm. Sie waren beide längst bereit für mehr, aber irgendetwas schien nicht richtig zu sein.

Jack hob den Kopf und fuhr mit einer Hand über die Knopfleiste von Tavis Hemd. Er machte keine Anstalten, es zu öffnen, schaute den Mann unter sich nur dabei an. Große Augen blickten ihm entgegen.

„Was ist los?", fragte Jack leise. Sonst hatte Tavi sich ganz bereitwillig selbst ausgezogen, oder sich von ihm dazu auffordern lassen. Letzteres hätte Jack tun können ... aber sein Instinkt sagte ihm, dass es nicht richtig war. „Wenn du nicht möchtest ..."

„Was erzählst du mir nicht?", fragte Tavi. Die Worte kamen so überraschend, dass Jack einen Moment lang stockte. Dann richtete er sich auf. In den blauen Augen schimmerte immer noch die Begierde, aber er hatte wohl recht gehabt: Etwas war zwischen ihnen. Misstrauen. Etwas, das er zum ersten Mal bei Tavi sah.

Jack seufzte leise und legte sich neben ihn. Sofort fasste Tavi nach seinem Arm, als habe er Angst, er würde einfach gehen.

„Tut mir leid, es geht mich wahrscheinlich nichts an, aber ... es verunsichert mich. Wenn du aufs Handy schaust und danach so seltsam bist, und ..."

„Der Hase schickt mir Nachrichten", sagte er. Tavi hatte ja recht. Es tat ihrem Kennenlernen nicht gut, wenn er solche Geheimnisse hatte. Ihre gemeinsame Geschichte verlangte es, dass er absolut ehrlich zu ihm war. Dass er nicht erlaubte, solche Verunsicherungen entstehen zu lassen. Tavis Vertrauen war die Grundlage dieser ganzen Beziehung. Das durfte er auf keinen Fall verlieren.

„Er hat mir in der Nacht nach unserem Theaterbesuch ein Foto von uns beiden geschickt, also muss er uns beobachtet haben." Jack fummelte das Smartphone aus seiner Hosentasche, entsperrte es und zeigte Tavi das Chatfenster, um auch die letzten Zweifel zu beseitigen.

„Ich wollte dich nicht damit beunruhigen, aber wahrscheinlich hätte ich es dir trotzdem erzählen müssen. Entschuldige."

Tavis Pupillen zuckten hin und her, als er die Nachrichten las.

„Denkst du, er meint mich? Mit dem, was dir wichtig ist?"

Jack schnaufte leise. „Wen oder was soll er sonst meinen? Den Club hat er schon angegriffen und abgesehen davon, bist du das einzige, was mir im Moment wichtig ist."

Obwohl die Nachrichten nicht erfreulich, sondern doch eher einschüchternd waren, breitete sich ein zaghaftes Lächeln auf Tavis Gesicht aus.

„Hast du keine Angst?", fragte Jack und legte das Smartphone beiseite.

„Ich weiß nicht. Im Moment bin ich eher froh." Da waren sie wieder, die absurden Gefühle.

„Du warst schon immer ein bisschen merkwürdig." Tavi lachte leise. „Ich bin froh, dass du nicht versucht hast, mir auszuweichen. Und, dass ich dir so wichtig bin, dass ich als Druckmittel tauge."

„Es könnte sein, dass du in Gefahr bist", sagte Jack mit tadelnder Stimme. „Ich meine das ernst. Inzwischen weiß er bestimmt, wer du bist und wo du arbeitest."

„Was wirst du unternehmen? Polizei?"

Jack schüttelte den Kopf. „Ich versuche, herauszufinden, warum er das macht. Wer so etwas tut, hat irgendeinen Grund. Eine tiefe Verletzung. Ich weiß das."

Tavi legte ihm eine Hand auf den Oberarm und tätschelte ihn sanft.

„Wir waren früher eine Weile in derselben Klasse, aber hatten eigentlich nicht wirklich was miteinander zu tun. Nur über seine Mutter, die unsere Klassenlehrerin war. Sie kam mehrmals die Woche nach der Schule noch zu mir nach Hause, um mir mit dem Stoff zu helfen. Ohne sie hätte ich es wahrscheinlich nicht geschafft, in der ersten Zeit." Er rollte die Augen zur Seite, während er sich erinnerte. „Ich durfte niemandem erzählen, dass ich ein Baby zu Hause habe. Meine Eltern hätten mir vor Schande den Kopf abgerissen. Eigentlich ist es ein Wunder, dass es keiner von meiner Schule rausgefunden hat in den zwei Jahren. Stattdessen gab es dumme Gerüchte. Die Jungs haben Scherze darüber gemacht, dass ich was mit der Lehrerin am Laufen hätte."

Tavi verzog das Gesicht. „Das war sicher sehr unangenehm für ihn. Wie alt wart ihr da? So sechzehn, siebzehn?"

„Ja. Das denke ich auch. Aber ich habe das nie befeuert. Mir war es ja selbst unangenehm." Er stieß den Atem aus. „Ich dachte nur, das kann ja nicht alles sein, oder? Deswegen war ich diese Woche bei seiner Mutter. Sie hat mir erzählt, dass die Ehe mit seinem Vater kurze Zeit später auseinanderbrach."

„Er gibt dir die Schuld daran", schlussfolgerte Tavi und sprach damit das aus, was er selbst auch dachte. Jack brummte zustimmend. „Jetzt muss ich nur noch herausfinden, wie ich das wieder gutmachen kann."

„Als ob du das könntest. Deine Lehrerin scheint ein echter Engel gewesen zu sein, wenn sie so viel Zeit geopfert hat, um dich zu unterstützen. Aber ich kann mir nicht vorstellen, dass du der Grund für die Trennung warst."

„Das glaube ich auch nicht, aber wenn das seine Wahrnehmung ist, werde ich daran schwer etwas ändern können. Mein Plan sah vor, mit ihm darüber zu reden, ihm nachträglich von Philipp zu erzählen und mich zu entschuldigen. Mehr kann ich nicht tun." Er zögerte. Dann entschied er sich, auch das letzte Detail, das er herausgefunden hatte, noch offenzulegen. Keine Lügen mehr. „Sie hat auch seine neue Familie erwähnt. Der Vater hat wieder geheiratet und er hat jetzt einen Stiefbruder ... zufällig ist das der Typ, der meinen Posten beim Stadttheater übernommen hat."

Tavi hob die Brauen. „Was?"

Jack nickte nur. „Es kann Zufall sein, aber ... es würde mich nicht wundern, wenn das schon Stufe eins des Plans war. Es ist bitter, aber daran lässt sich jetzt auch nichts mehr ändern. So viel ich höre, macht er die Arbeit gut. Und ich will den Club auch behalten, also ... ist es nun, wie es ist."

Das Mitgefühl in Tavis Augen bewegte etwas in ihm. Er wollte ihn in den Arm nehmen, aber gerade als dieser Wunsch sich formte, machte Tavi bereits den ersten Schritt und schmiegte sich an ihn.

KAPITEL 17

JACK HATTE IHM alles gesagt. Tavi spürte es ganz deutlich, als er sich in die Umarmung schmiegte. Es war, als sei die Luft zwischen ihnen wieder klar und viel leichter zu atmen. Geborgenheit durchströmte ihn.

Er wusste jetzt, dass Jack nichts versteckte. Eine Nachfrage hatte gereicht. Er hatte ihm sogar seinen Chatverlauf gezeigt. Noch offener konnte er die Karten nicht auf den Tisch legen. Und dabei hatte er noch mehr erfahren, als er gewollt hatte.

Er war ihm wichtig. So wichtig, dass er Angst hatte, ihn zu verlieren.

Tavis Herz schlug lauter. Es tat ihm leid, dass er Jack für eine Weile nicht vertraut hatte. Obwohl das nach allem nur natürlich war, oder? Terry hatte ja recht damit – er war zu naiv an die Sache herangegangen. Aber sein Herz hatte dennoch keinen Fehler gemacht.

Alles war genau richtig. Er durfte ihm nahe sein. Durfte sich gut dabei fühlen. Und dieser Hasentyp ... irgendwie würde Jackson ihm hoffentlich klarmachen können, was damals wirklich passiert war.

Eins war auf jeden Fall klar: Er würde ihn nicht von Jack wegbekommen. Freiwillig würde er nicht gehen. Er würde seinem Herzen treu bleiben. Sich nie wieder von dem einschüchtern lassen, was andere tun könnten.

Tavi hob den Kopf und drückte seinen Mund auf Jacks. Sanft und liebevoll küsste der ihn zurück. Nein, es war nicht nur die gute sexuelle Chemie, die sie hatten. Da war mehr. Eine tiefe Verbindung, die vielleicht auch ein Stück weit aus dem Schmerz geschmiedet war, den sie teilten. Aber ehrlich gesagt war Tavi egal, woraus sie bestand.

Er strich über Jacks Wange, spürte die winzig kleinen Stoppeln unter seinen Fingerspitzen. Dieses raue, kitzelige Gefühl war perfekt. Er liebte es an seinem Hals und an seiner Brust, wenn Jack ihn dort küsste. Und an der Innenseite seines Oberschenkels.

Neue Hitze wuchs in seinem Schoß. Er lockte Jacks Zunge mit seiner eigenen, vertiefte den Kuss und zog diesen Mann, nach dem sich schon wieder alles in ihm verzehrte auf sich, um ihm zu zeigen, was er wollte.

Eilig knöpfte er sein Hemd auf und streifte es über die Schultern.

Kurze Zeit später war nichts mehr zwischen ihnen. Kein Stoff, kein Geheimnis, kein Misstrauen. Jacks Körper deckte seinen eigenen mit einer angenehmen

Wärme zu, löste mit jeder Bewegung ein Prickeln aus. Ihn endlich wieder ganz zu spüren, tat so unendlich gut und es erinnerte Tavi daran, dass er befreit war. Von allen Masken und Ketten. Dass er sein konnte, wer er war. Und daran festhalten wollte. Zusammen mit Jack.

Eine Weile später lagen sie aneinandergekuschelt in seinem Bett und Tavi verspürte nicht den geringsten Drang, Jack loszuwerden. Im Gegenteil, am liebsten wollte er, dass er für immer blieb. Er drückte kleine Küsse auf seinen Nasenrücken und seine Stirn und gluckste leise darüber, wie sich beides nacheinander in kleine Falten legte.

„Ein Freund hat mich für verrückt erklärt, mich auf dich einzulassen", murmelte er leise. „Und *verrückt* beschreibt auch ziemlich gut, wie ich mich fühle. Aber aus anderen Gründen."

Jack schaute ihn an und sein Blick war ruhig und ernst. Es war dieselbe Art von Blick, die er auch hinter der Maske gehabt hatte. Diese Art von Blick, mit der er in seine Seele schaute. Oder in sein Herz. Und das war offen. Ganz weit offen für ihn.

„Da habe ich es leichter ... es gibt nicht wirklich jemanden, dem ich von dir erzählen könnte."

Tavi strich mit dem Daumen über Jacks Augenbraue. Es tat ihm leid, dass Jackson immer so einsam klang. Ob er seine Trauer je richtig verarbeitet hatte? Tavi war sich nicht sicher. Aber jetzt war nicht der richtige Moment, um das anzusprechen.

„Mir kannst du immer erzählen, wie verrückt du nach mir bist."

Jack musste grinsen. Da war wieder die freche Seite, die er ihm im Club auch schon gezeigt hatte.

„Du musst es unbedingt hören, oder? Ja, ich bin ein bisschen verrückt nach dir." Die Worte waren ein Streicheln auf seiner Haut und so schön, dass schon wieder Alarmglocken läuten wollten. *Er sagt dir nur, was du hören willst*, flüsterte Terrys Stimme in seinem Kopf. Tavi ließ sie verstummen.

Er glaubte an Jack und an ihre Chance. Außerdem klangen seine Worte aufrichtig. Im Club hatte er nie gesagt, dass er Gefühle für ihn hatte, obwohl ihm auch da schon klar gewesen sein musste, wie es auf seiner Seite aussah. Vielleicht war das eine Schwelle gewesen, die er nicht hatte übertreten können.

„Es wird trotzdem nicht leicht, wenn ich dir Eli oder Terry vorstelle", murmelte er nach einer Weile des Schweigens. Der Gedanke daran, dass seine engsten Vertrauten die Beziehung verteufelten, belastete ihn immer mehr, je näher er Jack kam.

„Ich kann verstehen, dass sie mich nicht mögen", erwiderte Jack ruhig. „Wenn sie dich lieben, bleibt ihnen gar nichts anderes übrig. Ich habe dir geschadet. Natürlich wollen sie so jemanden von dir fernhalten."

Tavis Mund verzog sich zu einer geraden Linie. „Ich will aber, dass sie ihre Meinung ändern. Du hattest deine Gründe und jetzt ist es eben anders.

Jetzt bin ich glücklich. Das ist das, was zählen sollte, oder nicht?"

Jack nickte leicht und wickelte sich eine seiner Locken um den Finger. Er spielte gern mit seinen Haaren und Tavi ließ ihn. Er mochte, wie verträumt und abwesend Jackson manchmal aussah, wenn er das tat.

„Es ist in Ordnung, dass es nicht einfach wird. Diese ganze Sache ist kompliziert. Das wussten wir doch vorher. Ich bin bereit, das auf mich zu nehmen."

Tavi lächelte. „Ich auch."

Tavi war sich sicher, dass alles gut werden würde. Sicher, die Beziehung mit Jack war stellenweise schwieriges Terrain, aber er war zuversichtlich, dass sie es schaffen würden, das zu überwinden.

Die gute Laune trug ihn durch die nächsten Tage und half, die langweiligen Stunden im Büro zu überbrücken. Heute stand wieder jede Menge Papierkram auf dem Plan. Azubi-Arbeiten. Langsam gewöhnte er sich daran.

Die Frage, wann das vorbei sein würde, streifte ihn immer wieder, und bei einem Blick auf den Kalender, legte er im Kopf ein Datum dafür fest: Vielleicht, wenn Elijah aus dem Urlaub zurückkehrte. Dann gab es viel zu reden für die Kollegen, der Fokus würde sich endgültig verschieben ... und wenn die anderen sahen, dass Eli und er sich versöhnt hatten, würde insgesamt Frieden einkehren. So stellte er sich das vor.

Am Nachmittag, kurz vor Feierabend, rief Perkins ihn in sein Büro und Tavi vermutete, dass es um sein Aufgabenfeld gehen würde. Vielleicht wollte er ihm mitteilen, dass er ab nächste Woche wieder mehr in den normalen Workflow integriert werden sollte. Mit einem vorsichtigen Lächeln betrat er den Raum.

„Setz dich, Octavius." Ob die Förmlichkeit ein gutes oder ein schlechtes Zeichen war, wusste Tavi nicht. Er kam der Bitte nach und nahm vor dem großen Schreibtisch seines Chefs Platz.

„In unserer Branche sind Teamwork und Verlässlichkeit wichtige Güter. Wissen und Know-How haben unsere Mitbewerber auch – was uns einzigartig macht, sind die Menschen, die hier arbeiten und wie sie gemeinsam etwas auf die Beine stellen. Wie sie sich gegenseitig inspirieren und unterstützen." Tavi nickte ein paar Mal. „Dieses System ist empfindlich. Wenn einer nicht mehr hineinpasst, werden alle anfällig und können ihre Arbeit nicht mehr so erledigen, wie es nötig wäre. Dann verliert das ganze Unternehmen an Kraft. Aufträge gehen verloren."

Tavi spürte, dass seine Gesichtszüge ihm entgleiten wollten. Sein erster Impuls war, das zu verbergen, aber er ließ es geschehen. Keine Masken mehr.

Mit jedem Wort wurde klarer, wohin diese Rede führte. Er war zu einem Problem geworden. Und in Perkins' Augen war er das scheinbar immer noch. Würde er ihm eine Pause nahelegen? Unbezahlten Urlaub für ein paar Wochen? Tavi wollte in seine

Jackentasche greifen und den Handschmeichler anfassen, aber er blieb so sitzen, wie er war.

„Es ist keine Entscheidung gegen dich, sondern für die Firma, Tavi. Ich hoffe, du kannst das nachvollziehen. Du weißt, dass ich immer ein Fan von dir war." Oh wow, jetzt waren sie schon in der Vergangenheitsform angekommen und sprachen, als ob er tot war. Ein Lachen kroch seine Kehle hinauf, aber was oben ankam, war eher ein kleines, abgehacktes Husten.

„Also bin ich raus?", fragte er, um ganz sicherzugehen, dass er hier nichts falsch interpretierte. Perkins verzog mitleidig das Gesicht, bevor er langsam nickte. Vielleicht bedauerte er das wirklich, aber das half gerade nicht.

Sie feuerten ihn. Nicht wegen schlechter Leistungen oder weil er sich irgendetwas hatte zu Schulden kommen lassen, sondern allein deshalb, weil die Kollegen nicht aufhören konnten, über ihn zu reden. Das war bitter. Nach allem, was er hier geleistet hatte. Warum stellte sich die Chefetage nicht hinter ihn? Hatte Perkins mit den anderen auch Gespräche geführt? Ihnen klargemacht, dass das Gerede der Firma schadete? Nein, wahrscheinlich nicht. Es war leichter, einen Mitarbeiter zu entfernen, als zwanzig ins Gebet zu nehmen.

„Dein Urlaub kann die Frist abdecken", sagte Perkins und es klang so, als wäre das eine wahnsinnig gute Nachricht. Tavi zuckte nur mit den Schultern. Er stand ein bisschen unter Schock, deswegen war er auch nicht zu mehr fähig.

Da waren viele Dinge in seinem Kopf, die er hätte sagen können, aber er behielt sie für sich. Mit Perkins zu diskutieren würde rein gar nichts ändern. Dieser Mann wusste von allen hier am besten, was er für das Unternehmen geleistet hatte und wie talentiert er war.

Tavi blieb stumm und erhob sich von dem Stuhl.

„Kann ich dann gehen? Ich muss meinen Schreibtisch aufräumen."

KAPITEL 18

SEIN LETZTES GESPRÄCH mit Tavi wirkte noch einige Tage nach. Zuerst war da ein kleines Hochgefühl gewesen, wie immer, nachdem er ihn getroffen hatte. Dann kam das Nachdenken.

Jack schlenderte durch den Park, die Hände in den Taschen und den Blick tief in den eigenen Gedanken vergraben. Die Menschen, die an ihm vorüberliefen, nahm er nur als schwachen Luftzug wahr.

„Jack?"

Er blieb stehen und hob den Kopf. Das Grün der Parkanlagen kehrte in sein Bewusstsein zurück, ebenso wie der Geruch der frischen Sommerluft. Zögerlich wandte er sich zu der Frau um, die ihn angesprochen hatte.

„Du bist es tatsächlich", sagte sie und kam näher. Sie trug einen Strohhut, um den ein türkises Band geschlungen war und ein leichtes Kleid. Es dauerte ein paar Sekunden, bis ihm ihr Name einfiel.

„Stacy." Er konnte die Überraschung in seiner Stimme nicht verbergen. Sie hatten sich vor langer Zeit kennengelernt, in Philipps Kindergarten. Er erinnerte sich an ihre kleine Tochter. Sie waren ins Gespräch gekommen, weil sie ebenfalls sehr jung zum ersten Mal Mutter geworden war.

Sie lächelte und neigte den Kopf, während sie ihn von oben bis unten musterte. „Lange nicht gesehen. Wie geht es dir?"

Das stimmte wohl ... zuletzt waren sie sich auf Philipps Beerdigung begegnet. Danach war ihre Freundschaft wie so viele andere verblasst.

„Es geht eben immer weiter", erwiderte er. „Du siehst gut aus."

„Oh, danke dir." Sie deutete einen Knicks an und ihr Lächeln wurde noch breiter. „Mittagspause?" Sie nickte in Richtung des Theaters auf der anderen Seite des Parks.

„Nein, ich bin jetzt selbstständig. Im Theater führt jetzt jemand anders Regie."

Stacy hob überrascht die Brauen. „Bei dir hat sich ja einiges verändert, was?" Er bemerkte, wie ihr Blick zu seinen Händen und von dort aus wieder zu seinem Gesicht zuckte. Suchte sie nach einem Ehering?

„Manches muss sich verändern, damit das Leben weitergeht, schätze ich."

Sie nickte. „Ehrlich gesagt hatte ich mir ganz schöne Sorgen gemacht, als du dich so zurückgezogen hast. Hast du die Psychologin angerufen, die ich dir empfohlen hatte?"

Ehrlich gesagt konnte er sich an diese Empfehlung gar nicht erinnern. Aber das traf auf vieles zu, das in dieser Zeit geschehen war.

„Ich bin allein klargekommen, und du siehst ja, es geht mir gut."

Ihr Lächeln verlor einen Teil seiner Strahlkraft.

„Das ist das Wichtigste." Sie räusperte sich und schaute sich kurz um. „Wollen wir einen Happen essen?"

Wenig später saßen sie nebeneinander auf einer Parkbank und kauten auf ihren Hotdogs herum. Das hatte er lange nicht mehr gemacht – zuletzt als er noch für das Theater gearbeitet hatte und wirklich seine Mittagspause hier verbrachte. Meistens hatte er zwar auf gesündere Snacks zurückgegriffen, aber es gab Tage, da brauchte man einfach so etwas. Ein Hauch des Gefühls von damals streifte ihn und machte ihn seltsam traurig.

„Also hast du mehr oder weniger mit allen den Kontakt abgebrochen", resümierte Stacy gerade, nachdem sie ihn nach einigen gemeinsamen Bekannten und Freunden gefragt, und immer dieselbe Antwort bekommen hatte.

„Nicht absichtlich. Ich konnte einfach eine Zeitlang niemanden sehen. Vor allem wäre ich kein guter Gesprächspartner gewesen."

Sie schüttelte den Kopf. „Ich hätte dich auch besucht, wenn du gar nicht geredet hättest. Um für dich da zu sein, weißt du."

Er glaubte ihr. Damals hatte er das trotzdem nicht gekonnt. Allein der Gedanke, jemand anderen im Haus zu haben, war wahnsinnig anstrengend gewesen. Seine Arbeit hatte die einzige Ausnahme dargestellt. Da hatte er funktioniert und mit der Zeit neue Kraft aus ihr geschöpft. Aus den Drehbüchern, der Kunst und dem Flair des Theaters.

„Na ja, durch deine neue Firma hast du sicher andere gefunden, die dich unterstützen", sagte sie nach einer Weile des Schweigens.

Er zuckte mit den Schultern. Ehrlich gesagt war da niemand. Er hatte keine neuen Freundschaften aufgebaut. Sicher, mit einigen Angestellten redete er hin und wieder über Privates, aber nicht in der Intensität. Der Kontakt zu seinen Eltern war dünn und auch ansonsten gab es niemanden, der ihm wirklich nahe war. Bis auf Tavi.

„Ich will dir nicht zu nahe treten, Jack, aber was du durchgemacht hast, kann einen ein Leben lang belasten. Es ist keine Schande, auch Jahre später noch Hilfe zu suchen." Sie hob beide Hände, als er sie stirnrunzelnd ansah. „Vielleicht kommt mir das nur so vor. Sieh es nicht als Angriff. Aber du wirkst sehr verschlossen und ... irgendwie nicht so frei, wie ich dich kennengelernt habe."

Er stieß den Atem aus. Langsam wurde die Bank unbequem und der Hotdog war auch alle. Er warf die Pappe in den Mülleimer neben sich und stand auf.

„Ich mein's wirklich nicht böse."

„Schon gut. Danke, dass du dich um mich sorgst. Hab noch einen schönen Tag." Er wusste, dass seine Verabschiedung trotz netter Worte schroff klang. Aber er war sein Leben lang allein klargekommen. Hatte klarkommen müssen. Wenn er so zurückdachte, war Conny die einzige, die ihm einfiel. Seine Schulfreunde hatten ihm nicht helfen *können*, weil sie nicht Bescheid wussten – und vermutlich wäre auch keiner von denen erpicht darauf gewesen, ihm bei der Erziehung und Versorgung eines Babys zu helfen – und seine Eltern hatten nicht helfen *wollen*. Conny war die einzige gewesen, aber im Großen und Ganzen hatten er und Phil sich alleine durchgekämpft.

Verschlossen und nicht so frei. Stacys Worte folgten ihm, als er weiterging. Schneller als vorher. Fast, als würde er weglaufen. Wohin, das merkte er erst, als er die grauen Mauern des Friedhofes bemerkte.

Er war nicht wirklich verschlossen. Im Gegenteil, er öffnete sich doch gerade. Tavi war der beste Beweis dafür. Er glaubte sogar, dass er sich in ihn verliebt hatte. In diesen etwas naiven, klugen, einfallsreichen und manchmal ganz schön frechen jungen Mann.

Während er dem Weg zu Philipps Grab folgte, fiel ihm auf, dass er dieselben Worte hätte benutzen können, um *ihn* zu beschreiben. Manchmal zu gutgläubig oder zu optimistisch, dabei aber sehr intelligent und kreativ ... und teilweise mit einer guten Portion Dreistigkeit ausgestattet.

Seine Schultern sanken, als er am Ziel ankam und die frischen Blumen auf dem Grab betrachtete. Gelbe, orangene und rote Blüten, die im Sonnenlicht leuchteten. Eine bunte Insel in ganz viel kaltem Grau und Braun.

Trauer und Bedauern waren ihm vertraut. Das empfand er immer, wenn er sich hier aufhielt. Natürlich auch Dankbarkeit, für die Zeit, die sie gehabt hatten, aber das war schwieriger.

Jetzt gerade war da noch etwas anderes. Wie ein Schatten, in dem er schon lange stand, und der ihm jetzt erst auffiel. Ein Zweifel vermischt mit Angst, die ihn viel zu kühl für so einen Sommertag umarmte.

Er hatte ehrlich zu Tavi sein wollen und in dem Moment, als er ihm gesagt hatte, dass er verrückt nach ihm war, war es ihm auch nicht wie eine Lüge vorgekommen. Es war die Wahrheit. Wenn Tavi nicht da war, sehnte er ihr Treffen herbei. Er fühlte sich nur bei ihm wirklich gut. Sogar glücklich. Manchmal regelrecht schwerelos. In seiner Gegenwart fiel ihm das Lachen leichter und alles hatte mehr Farbe und mehr Geschmack. Aber vielleicht war das eine Lüge. Vielleicht war es nicht wirklich die Nähe zu *ihm*, die er suchte, sondern die zu Philipp.

Der Gedanke begleitete ihn bis nach Hause und er blieb kalt und schwer wie ein Mantel aus Metall an ihm haften. War er psychisch wirklich so kaputt? Vor jemand anderem hätte er es nie zugegeben, aber tief in sich drin zweifelte er.

Vielleicht hatte Stacy recht. Vielleicht sollte er wirklich zu einem Therapeuten gehen.

Jack hasste diese Vorstellung. Er warf die Tür hinter sich zu, als könne er das Bild von sich auf so einem Sofa damit aussperren. So etwas hatte er nie gebraucht. Sicher konnte er auch allein herausfinden, ob seine Beziehung zu Tavi echt war oder nicht. Er brauchte dafür niemanden, der in seiner Kindheit und Jugend herumwühlte und mit ihm über seine Eltern redete.

In seiner Post lag eine Einladung zu einer Ausstellung. Jack nahm sie und tippte eine Nachricht an Tavi. Er würde mit ihm da hin gehen und dabei herausfinden, was Tavi für ihn war. Ganz allein.

Kapitel 19

JACKSONS NACHRICHT KAM genau richtig, um ihn aufzuheitern. Tavi lächelte glücklich und schrieb sofort zurück. Natürlich würde er mit kommen. Das Gute an seiner Kündigung war, dass er tatsächlich für alles Zeit hatte.

Er war schon auf einigen Ausstellungen gewesen – im Rahmen seines Studiums – aber noch nie im Rahmen eines Dates. Es würde bestimmt interessant werden. Jack schien ein echter Kunstliebhaber zu sein, das hatte ja schon seine Wohnung gezeigt. Und natürlich der Maskenclub. Über diesen Mann gab es noch so viel zu lernen und herauszufinden. Er freute sich wirklich darauf.

Tavi wickelte sich in seine Bettdecke und vergrub sich gedanklich in den Bildern, die er sich von ihrem nächsten Date malte. Es war eine angenehme Flucht vor der Gewissheit, dass er keinen Job mehr hatte.

Am Morgen erlaubte er sich kein Weglaufen mehr. Er hatte vergessen, den Wecker abzuschalten, und nutzte die frühe Stunde für einen Ausflug ins Fitness-Studio. Es tat gut, die Muskeln arbeiten zu lassen. Dabei kam auch sein Kopf in Schwung.

Es war immer noch scheiße, dass Perkins ihn gekündigt hatte. Schönreden ließ sich das nicht. Es war ein herber Schlag. Der Job, den er jahrelang so gern gemacht hatte, die Firma, in der er so weit aufgestiegen war, ... alles weg.

Aber es half nichts, darüber zu jammern. Er musste sich überlegen, wie es weitergehen sollte. Jetzt war es vielleicht doch nicht so schlecht, dass Jack ihm versprochen hatte, für seine Kampagne zu bezahlen. Ein schiefes Grinsen huschte über sein Gesicht.

Es gab andere Werbefirmen in der Umgebung. Er musste sich bei einer von denen vorstellen. Vielleicht wurde es gar nicht so schwierig, immerhin war er jung, berufserfahren und kreativ. Es könnte ein neuer Start für ihn werden. In einer Firma, in der er von Anfang an er selbst war.

Voll frischer Tatkraft stemmte Tavi die Gewichte und arbeitete sich weiter durch das Studio hindurch. Das hatte er eine Weile ganz schön schleifen lassen – aber er würde sich nicht gehen lassen, nur weil er jetzt jemanden hatte. Sein Körper würde schön in Form bleiben ...

Ausgepowert aber zufrieden mit sich, schlurfte er eine Weile später zurück zu den Umkleiden. Jetzt nur noch eine Dusche und dann ab nach Hause. Da würde er sich eine Weile aufs Sofa hauen, bevor er nach möglichen neuen Arbeitgebern suchte.

Nackt und mit seinem Handtuch im Arm stapfte er über die kalten Fliesen. Um diese Zeit herrschte hier nicht viel Betrieb. Die meisten Leute kamen entweder mittags für eine kleine Runde oder abends nach Feierabend. Jetzt war die beste Zeit, wenn man seine Ruhe haben wollte.

Nur ein einziger Typ kam ihm entgegen. War wohl gerade mit seiner Dusche fertig. Als sie aneinander vorbeigingen, geriet Tavi heftig ins Stolpern. Er verlor den Halt auf den glatten, feuchten Fliesen und seine Hand streifte die kahle Wand, während er barfuß über den Boden schlitterte. Panik erfasste ihn und ein Schrei entkam seiner Kehle. Mit rudernden Armen fiel er nach vorne. Schmerz pochte in seinem Knöchel und an diversen anderen Stellen, aber noch schlimmer war der Schock. Flache, hastige Atemzüge schnitten in seine Lunge und sein Kiefer zitterte ganz seltsam, während er auf allen vieren auf dem Boden kauerte.

Die Welt war für einen kurzen Moment vollkommen verschwunden, verdrängt von Leere und Schock. Jetzt brachte jeder schnelle Herzschlag ein Detail zurück. Die Feuchtigkeit. Das Rauschen des Wassers. Das Brennen in seinem Knie. Der Geruch der Seife.

Eilig wandte Tavi den Kopf, als ihm klar wurde, dass der Typ ihm ein Bein gestellt hatte. Eiskalt aus dem Nichts. „Hey!", rief er in Richtung Umkleiden, aber es kam keine Antwort. Mühsam rappelte er sich hoch und machte vorsichtig ein paar Schritte zurück, aber es war niemand mehr da. Abgehauen.

„Fuck", fluchte er und setzte sich auf eine der Bänke. Sein rechtes Knie blutete, das andere schmerzte nur wie Sau. Sein Knöchel pochte selbst jetzt im Sitzen und seine Handgelenke hatten auch was abgekriegt.

Das hätte böse ausgehen können, ging es ihm durch den Kopf und eine Sekunde später wurde ihm klar, wie ähnlich dieser Vorfall dem war, der zu Philipps Tod geführt hatte. Noch einmal wandte er den Kopf, obwohl da niemand mehr war.

Das war Absicht gewesen. Dieser Kerl ... vielleicht war es der Hase? Wusste er, was damals passiert war, oder war es Zufall, dass er ihn gerade hier angegriffen hatte? Weil es einfach war? War das ein Versuch gewesen, Jack zu schaden?

Sein Kopf schwirrte vor Fragen und Angst und es dauerte eine Weile, bis er sich sicher genug fühlte, um endlich seine Dusche zu nehmen. Zittrig stand er unter der Brause und ließ den Raum vor sich nicht aus den Augen.

Ob er Jack davon erzählen sollte, oder würde ihn das nur unnötig belasten? Es konnte ja immer noch Zufall gewesen sein, irgendein dummes Arschloch, das so etwas witzig fand ... aber die Chancen dafür standen eher schlecht. Er glaubte nicht daran und Jackson würde das auch nicht tun. Es war ein Angriff auf ihn gewesen.

Er musste ab jetzt wirklich vorsichtig sein. Dieser Kerl hatte in Kauf genommen, dass er sich etwas brach oder Schlimmeres. Er musste wirklich verdammt wütend sein.

Für einen Moment fühlte Tavi sich unter Angst, Wut und Fassungslosigkeit auch ein bisschen schuldig. Dieser Schock, als er den Halt verloren hatte ... war das das letzte Gefühl gewesen, das Philipp in seinem Leben gehabt hatte?

Tavis Hals wurde eng und er wischte sich mit den nassen Händen übers Gesicht. Vielleicht hätte er es sogar irgendwie verdient gehabt, ... Er kniff die Augen zusammen und stoppte sich bei diesem Gedanken.

Wahrscheinlich würde er nie ganz aufhören können, sich Vorwürfe zu machen, aber er wusste, dass Phil jetzt an seiner Schulter rütteln und ihn fragen würde, ob er eigentlich bescheuert war. Und er hätte damit recht.

Wie grausam wäre es allein für Jack, ihn auf dieselbe fürchterliche Weise zu verlieren? Jetzt, wo sie gerade richtig anfingen, es zu genießen? Und Eli ... für den wäre es auch ein harter Schlag. Es gab noch so viel zu sagen und auch abgesehen davon – sie waren im Herzen immer noch Freunde. Es gab viele Menschen, denen es wehtun würde, ihn diesen Gedanken aussprechen zu hören.

Dein Tod würde nichts an meinem ändern, schien Philipp ihm zuzuflüstern.

Tavi schniefte, hob das Gesicht in den warmen Regen aus der Duschbrause und beruhigte seinen

Geist, so gut er konnte. Dann stellte er das Wasser ab und ging langsam und vorsichtig zurück in die Umkleide.

Muskeln und Knochen schmerzten vom Sport und dem Sturz. Sein ganzer Körper war irgendwie gleichzeitig müde und nervös. Das Zittern steckte ihm immer noch in den Händen, als er die Schnürsenkel band.

Er würde jetzt nach Hause gehen. Ganz vorsichtig und bedacht. Es war wichtig, dass er auf sich aufpasste. *Er* war wichtig. Für Eli und Jack und seine Familie und für sich selbst.

Um die Bewerbungen vorzubereiten, musste er die Wohnung nicht verlassen. Er wollte nicht mehr ängstlich sein, aber am Ende war er es doch – der Beweis dafür war das Abendessen, das er sich vom Dönerladen aus der Innenstadt bestellte, weil er zu viel Angst hatte, selbst nach draußen zu gehen.

Tavi beschloss, dass es okay war, nach diesem frischen Schock ein Schisser zu sein. Aber morgen würde er normal weitermachen müssen. Schließlich hatte er sich vorgenommen, sich nicht mehr zu verstecken ... und nichts anderes wäre es ja, wenn er sich nicht mehr aus seiner Bude heraustraute.

Spätestens zu der Verabredung mit Jack musste er sowieso raus.

Als er am Abend nicht einschlafen konnte, scrollte er durch die Kontaktliste in seinem Handy. Er wollte mit irgendjemandem reden. Nicht über den Vorfall, sondern über etwas ganz anderes. Normaler Alltagskram. Etwas, das ihn ablenkte und ihm zeigte, dass die Welt nicht so gruselig war, wie sie ihm gerade vorkam.

Er stoppte bei Eli, dann bei Terry, und rief doch keinen von beiden an. Sie waren beide gute Freunde, aber die Gespräche, die er mit ihnen als Nächstes führen wollte, waren andere.

Schließlich blieb er bei Bea hängen und rang sich mit einem Schulterzucken dazu durch, die Nummer zu wählen. Sie hatte ihm ihren Beistand und ihre Freundschaft angeboten – warum also nicht?

„Hey, ich bin's, Tavi. Hast du Zeit, um ein bisschen zu reden, oder störe ich gerade?"

Er störte nicht. Tatsächlich schien Bea sich zu freuen, dass er sie anrief. Natürlich befragte sie ihn direkt zu seinem Gespräch mit Perkins und erzählte ihm davon, wie geschockt die anderen gewesen waren, dass man ihn rausgeworfen hatte.

Sie redeten eine Weile über den Tratsch im Büro und wie es da jetzt wohl weitergehen würde – immerhin wurde ein Teamleiterposten frei. Es war überraschend einfach, darüber zu philosophieren, denn irgendwie fühlte es sich gerade an, als hätte das gar nichts mit ihm zu tun. Vielleicht lag es an Beas witziger und teilweise bissiger Art, alles zu kommentieren.

Sein Herz wurde ein bisschen leichter und sein Körper langsam schwerer. Es tat gut, dass Bea den größten Teil des Redens übernahm, und dass sie keine schwierigen Fragen stellte ... wie es jetzt weitergehen

177

sollte und den ganzen Kram. Es war einfach perfekt und unkompliziert – genau das, was er gerade brauchte.

Nachdem sie aufgelegt hatten, fühlte er sich besser und konnte sich tatsächlich auf die Seite rollen und einschlafen.

KAPITEL 20

E R WARTETE DRAUSSEN vor der Galerie auf ihn. Es war ein schöner Tag, sommerlich und warm, aber nicht zu heiß und ein leichter Wind bewegte die Blätter der Birken, die wie Statuen die Galerie bewachten.

Schon hier draußen strahlte dieser Ort eine gewisse Eleganz aus. Jack mochte das, aber heute konnte er es nicht richtig genießen. Er war zu nervös wegen Tavi. Oder vielleicht eher wegen der ständig drängenden Frage in seinem Kopf.

Als er ihn endlich sah, wie er um die Ecke bog, wurde die Anspannung zu Freude. Er ging ihm ein paar Schritte entgegen und schloss ihn in die Arme. Tavis *Hallo* und das fröhliche Strahlen seiner Augen machten ihm wieder klar, wie sehr er ihn vermisst hatte.

Er gab ihm einen Kuss auf die Stirn, obwohl ihm nicht entgangen war, dass Tavi ihm den Mund entgegen reckte. Fürs Erste wollte er lieber etwas Abstand einhalten.

„Kennst du den Künstler", fragte Tavi neugierig, als sie die Treppen zum Eingang emporstiegen. Seine Bewegungen wirkten ein bisschen schwerfällig. „Ich kenne jemanden, der den Künstler kennt", erwiderte er und beobachtete Tavi noch genauer. „Ist alles in Ordnung?"

Die Antwort war eine Grimasse. „Ich erzähl's dir nachher. Lass uns erst mal ein bisschen die Kunst genießen."

Jack runzelte die Stirn. Scheinbar war irgendetwas passiert. Ein Unfall auf der Arbeit vielleicht? Es fiel ihm schwer, nicht sofort nachzuhaken, aber er tat Tavi den Gefallen.

Gemeinsam betraten sie die Eingangshalle. Hohe weiße Wände und eine stilvolle Blumendekoration begrüßten sie. Das passte gut, denn soweit er wusste, war der Künstler vor allem für seine floralen Motive bekannt, die er in alle möglichen Szenerien setzte und damit beinahe so etwas wie ein eigenes Genre für sich schuf.

Er entdeckte Clara im selben Moment wie sie ihn. Lächelnd kam sie auf sie beide zu. „Wie schön, dass du kommst. Es freut mich wirklich, dich hier zu sehen." Die Lachfältchen um ihre Mundwinkel taten ihrer Schönheit keinen Abbruch. „Nach dem letzten Mal war ich mir nicht sicher ..." Sie berührte ihn kurz am Arm und lenkte ihren Blick auf seinen Begleiter.

„Das ist Tavi", sagte er und legte die Hand an Tavis Taille. Sein Lächeln steckte ihn schon wieder an.

„Wie schön. Zu zweit ist die Ausstellung noch reicher, das kann ich versprechen. Viel Spaß." Clara nickte beiden gut gelaunt zu und widmete sich dann den nächsten Besuchern.

Er leitete Tavi weiter hinein.

„Du besuchst also öfter Kunstausstellungen?"

„Früher war das so. Inzwischen ist ein bisschen die Luft raus, könnte man sagen. Aber vielleicht ändert sich das ja wieder."

„Die Gemälde in deiner Wohnung ... hast du die direkt aus solchen Galerien gekauft?"

„Hin und wieder."

Sie kamen in den Hauptbereich der Ausstellung. Der Raum war sehr weitläufig und gewann seine Struktur vor allem durch die eleganten Säulen, die vermutlich mehr Schmuckwerk als tragende Architektur waren. Ein smaragdgrüner Teppich führte an den Gemälden vorbei und leises Gemurmel füllte die Luft ebenso wie der sanfte Geruch der Blumenbouquets, die hier und dort die ansonsten eher kühle Stimmung auflockerten.

Gemeinsam betrachteten sie die ersten Werke und Tavi stellte heiter aber leise Fragen zu seinem Kunstverständnis und erzählte von seinem Studium.

„Ich hab mich natürlich auch im klassischen Malen versucht, aber das lag mir einfach nicht. Ich bin besser darin, fertige Sachen zu etwas Neuem zusammenzufügen und ihre Wirkung zu nutzen. Das Erschaffen überlasse ich anderen."

„Es ist sehr wertvoll, wenn man die eigenen Stärken erkennen und nutzen kann." Einmal mehr fiel ihm auf, wie reif Tavi in vielen Dingen war. Eigentlich war der Unterschied zwischen ihnen ja auch nicht so immens. Er nahm ihn zwar wahr, aber er spielte keine Rolle.

Vielleicht bedeutete das, dass er sich weniger Sorgen wegen dieser Sache machen musste, die ihn seit seinem letzten Besuch an Philipps Grab beschäftigte. Philipp wäre immer sein Sohn geblieben. Immer ein bisschen Kind in seiner Wahrnehmung. Aber bei Tavi hatte er das nicht. Er hatte ihn von Anfang an als erwachsenen, eigenständigen Mann wahrgenommen.

Seine Schritte durch die Galerie fühlten sich zunehmend leichter an. Er betrachtete die Gemälde und zwischendurch ein wenig verstohlen auch Tavi. Nein, es konnte nicht nur wegen Philipp sein. Sie redeten gar nicht von ihm und er hatte im Moment auch kein Bedürfnis danach. Es tat ihm gut, ... verschaffte ihm vielleicht sogar etwas Abstand.

„Hast du schon eines gesehen, das für deine Wohnung infrage kommen würde?"

„Nein."

„Und für meine? Ich kann es mir zwar nicht leisten, aber so rein theoretisch?"

Jack schnaufte amüsiert. „Das ist nicht allein eine Sache von farblicher Abstimmung oder Geschmack ... am wichtigsten ist, dass das Bild etwas in dir auslöst. Das ist die Eintrittskarte in die Wohnung."

„Klingt nach einer guten Regel für alle Lebenslagen." Tavi gluckste leise. „Ich lasse auch nur Menschen in meine Wohnung, die etwas in mir auslösen."

Jack stieß ihn sanft in die Seite, musste aber ebenfalls schmunzeln.

Tavi zuckte zu seiner Überraschung zusammen und fasste seinen Arm. „Wegen der Sache vorhin ..."

Jacks Blick wurde ernster und er ging mit Tavi in den hinteren Bereich der Galerie, wo sich gerade niemand aufhielt. Nachdem er sich umgesehen hatte, berichtete Tavi ihm von einem Vorfall im Fitness-Studio. Mit wachsender Anspannung hörte Jackson sich die Schilderung an und seine Miene verkrampfte sich dabei immer mehr.

Er wusste am Ende nicht mehr, wann er nach Tavis Hand gegriffen hatte, aber als er fertig war, hielt er sie und drückte sie vorsichtig, als bräuchte er eine Versicherung dafür, dass es ihm gut ging.

Wut brodelte in seinem Magen und Hitze und Kälte wechselten sich ab. „Bist du wirklich okay? Warst du beim Arzt?", fragte er als Erstes. Tavi nickte und schaute kurz nach unten.

„Mein Knie ist ein bisschen lädiert, aber alles andere sind nur Prellungen. Ich bin mit dem Knöchel umgeknickt, aber das wird auch schon besser. Das Schlimmste war der Schreck."

Jack konnte nicht anders, als ihn in seinen Arm zu ziehen. Er musste ihn für ein paar Sekunden festhalten. Allein der Gedanke, Tavi zu verlieren ...

Seine Kehle war eng, als er versuchte, die Angst zu schlucken und sich wieder zu sammeln. „Ich muss mich so schnell wie möglich darum kümmern", murmelte er.

„Meinst du, er lässt sich einfach durch ein Gespräch davon abbringen?"

„Ich weiß es nicht." Wenn Reden nicht reichte, würde er andere Maßnahmen ergreifen. Aber er musste es zumindest erst einmal so versuchen. „Du hast mich auch nicht mit Waffen davon abgebracht, dir weiter zu schaden ... du brauchtest auch nur Worte."

Tavi zuckte mit den Schultern. „Na ja, wir haben eine ziemlich intensive Zeit verbracht. Ich hoffe, das ist bei dir und ihm nicht nötig."

Jack schüttelte den Kopf. „Du kommst auf Ideen."

Er würde Toby zur Seite nehmen und ihm aus seiner Sicht schildern, wie es damals gewesen war. Vielleicht stimmte es ihn versöhnlich, wenn er erfuhr, was für einen guten Menschen er in seiner Mutter sah. Gleichermaßen würde er ihm klarmachen, dass er nicht danebenstehen und zusehen würde, wenn er Tavi angriff, der damit rein gar nichts zu tun hatte. Wenn es sein musste, würde er einen Weg finden, ihn davon abzuhalten. Er hatte sich schon einmal die Hände schmutzig gemacht – für Philipp. Für Tavi würde er es nochmal tun.

Eine neue Nachdenklichkeit kam über ihn. Tavi, Philipp, Philipp, Tavi.

„Mach dir nicht zu große Sorgen, okay?" Tavi streichelte seine Schulter und sah ihn an. Jack rang sich ein Nicken ab, aber die Zweifel in seinem Kopf waren wieder da. „Lass uns weiter Bilder anschauen." Er fuhr Tavi durch die Locken, ehe sie sich beide wieder den Gemälden zuwandten. Eine ganze Weile geisterte Toby noch durch seine Gedanken und machte es ihm schwer, sich auf das Date mit Tavi zu konzentrieren.

Erst als sie vor einem der letzten Bilder standen — eines kleineres, fast unscheinbares mit einer Landschaft, über der ein Himmel mit blumig angehauchten Wolken hing — und Clara zu ihnen kam, um ihnen etwas dazu zu erzählen, konnte er davon loslassen.

„Das mag ich selbst besonders gern. Es hat so eine verspielte Einfachheit und ist doch kein bisschen flach", schwärmte sie.

„Ich finde es auch toll. Verströmt so einen Hauch von Happy End ... obwohl nicht mal ein Sonnenuntergang drauf ist."

Clara lachte. „Wahrscheinlich nicht ganz dein Stil, Jack?"

Er neigte den Kopf. Ihm gefiel, wie sich das milde Sonnenlicht in der Wiese wiederfand. Nicht übertrieben leuchtend, nicht kitschig, aber doch wahrnehmbar und verlässlich wie ein Versprechen.

Sie hatte recht mit ihrer Annahme — Landschaften waren normalerweise nicht sein Ding. Dennoch ...

„Ich mag seine Ausstrahlung. Es ist besonders. Vielleicht kaufe ich es."

Kapitel 21

WO WIRST DU es hinhängen?", fragte Tavi, kaum dass er Jacks Wohnung wieder betreten hatte. Ein ganzer Nachmittag in der Kunstgalerie lag hinter ihnen und seine Füße schmerzten ein bisschen vom vielen Stehen. Entspannt ließ er sich auf Jacksons Sofa sinken und rieb sich vorsichtig über die Knie.

„Ich weiß nicht." Jackson setzte sich neben ihn. „Vielleicht hänge ich ein anderes dafür ab."

Irgendwie fand er die Vorstellung traurig, aber er war sich sicher, dass Jacks Wohnung am Ende nur noch besser aussehen würde. Er liebte es hier. Heute schien noch Sonnenlicht durch die Fenster und gab dem Raum wieder einen anderen Ton.

Obwohl alles in der dunklen Farben gestaltet war, wirkte es nicht belastend ... eher wie ein bequemer, sicherer und vielleicht etwas verborgener Ort, an den man sich gut zurückziehen konnte.

„Wollen wir einen Film schauen? Ich könnte ein Abendessen improvisieren ... ich habe noch Gemüsegratin da, das wir uns warm machen könnten."

„Hört sich gut an." Die Aussicht, einfach hierbleiben und den ganzen Rest des Tages und die Nacht mit Jack zu verbringen, war alles, was er sich wünschte. Während der Film lief, kuschelten sie auf dem Sofa. Jackson strich ihm durchs Haar und über die Arme, hin und wieder tauschten sie ein paar Küsse aus und später am Abend vertilgten sie das, was in Jacks Kühlschrank wartete.

Es war ein perfekter Abend ... genau so hatte er sich alles vorgestellt, wenn er vor Wochen im Maskenclub an sein Leben nach dem Outing gedacht hatte. Dass er einfach mit ihm zusammensein konnte. Einfach leben konnte, was er fühlte, ohne nachzudenken.

Seine Zufriedenheit machte ihn regelrecht schläfrig. Inzwischen waren auch die Lichter wieder an, die der Wohnung ihre magische Atmosphäre verliehen. Er lag mit dem Kopf auf Jacksons Schoß, und auf dem Bildschirm flimmerte das Ende eines Hollywoodstreifens.

„Hey, nicht einschlafen", mahnte Jack ihn leise aber mit einem deutlichen Schmunzeln in der Stimme. „Du musst es noch nach Hause schaffen ... morgen ruft wieder das Büro nach dir. Am besten, ich fahre dich heim."

„Nein", sagte Tavi eilig und schlug die Augen auf. „Ich muss nicht ins Büro. Ich hab Urlaub."

„Urlaub?"

„Ja ... den Rest davon. Ich bin raus." Er wollte Jack nicht anlügen, aber nach der Sache mit dem Sturz wollte er ihn auch nicht schon wieder so sehr aufregen. „Also kann ich die ganze Nacht hierbleiben, ohne Stress." Er blinzelte, als ihm ein Gedanke kam. „Es sei denn, du musst mich loswerden, um zu arbeiten ... ich meine, der Club leitet sich sicher auch nicht ganz von allein."

„Der Club braucht mich nicht jede Nacht als Aufsicht, für so etwas habe ich Angestellte, und den Papierkram habe ich heute schon erledigt." Jack schaute auf ihn herunter. „Hast du gekündigt?"

„Nein, andersherum. Ich hatte übers Kündigen nachgedacht, in den ersten Tagen. Aber dann hatte ich das Gefühl, dass es besser wird, und dachte, dass ich es aussitzen kann. Eine Kollegin hat sich mit mir solidarisiert und auch Eli wollte sich mit mir aussprechen, wenn er aus dem Urlaub zurückkommt ... aber scheinbar dauert es den Chefs zu lange."

„Scheiße", murmelte Jack und es schien ihm echt nahe zu gehen. Sein Ausdruck war ernst und unzufrieden. „Das ist mein Verdienst." Er schnaufte. „Und an so einem Tag gehst du gut gelaunt auf ein Date mit mir?"

„Es ist nicht so schlimm", sagte Tavi und streckte die Arme nach oben, um nach Jacks Gesicht zu greifen. Sanft zog er es zu sich herunter und gab ihm einen Kuss. „Ich liebe den Job, aber ich kann ihn bestimmt auch woanders machen. Ich werde mich eben wieder bewerben. Vielleicht ist ein Wechsel nach allem sowieso der bessere Weg. Ein ganz neuer Anfang."

Ganz überzeugt wirkte Jackson nicht. Er strich ihm nachdenklich über die Stirn. „Sag mir, wie ich dich unterstützen kann."

„Indem du jetzt die Nacht mit mir genießt und nicht mehr so ein Gesicht machst."

„Soll ich die Maske aufsetzen? Dann siehst du es nicht mehr."

Tavi gluckste. „Hätte seinen Reiz, aber eigentlich stehe ich doch mehr auf unbedeckt." Er richtete sich auf.

„Das ist mir gleich am ersten Tag aufgefallen."

Grinsend knöpfte Tavi sich das Hemd auf. Vorhin war er noch so müde gewesen, aber das verging schnell, wenn er sich diesen Mann vor sich ganz nackt vorstellte.

Tavi stand vor dem Sofa und zog sich aus – fast wie an jenem Abend im Club, als sie sich am Pool begegnet waren und dieser verhängnisvolle Flirt seinen Lauf genommen hatte. Jack saß vor ihm und schaute zu, wirkte fast ein bisschen zögerlich.

„Was ist?", fragte Tavi. „Keine Lust?" War das heute zu viel gewesen? Erst das mit dem Sturz und dann die Information über seine Kündigung ...

„Ich habe immer Lust auf dich, wenn ich dich sehe", erwiderte Jack. „Wenn ich dem jedes Mal nachgeben würde, würden wir nur noch ficken und zu nichts anderem mehr kommen."

„Zu was zum Beispiel?"

„Reden? Ich hab gehört, das ist wichtig in Beziehungen."

Tavis Herz hüpfte und ein breites Lächeln wuchs auf seinem Gesicht. Sie waren also zusammen? In Jacks Augen? Er hatte keine Ahnung, wie das normalerweise lief. Ob man ganz direkt darüber sprach oder sich einfach gegenseitig fragte ... aber so, wie es jetzt passierte, machte es ihn verdammt glücklich.

„Okay, wenn du das so gehört hast ..." Er öffnete seine Hose und streifte sie lasziv über die Hüften. Die Boxershorts zog er gleich mit und stand schließlich nackt bis auf die Socken vor Jack. „Dann rede ich, während du mich vernaschst."

„Und worüber soll ich ..." Das Ende des Satzes verschluckte er vor Schreck. Jackson hatte die Hände an seine Hüften gelegt und ihn zu sich herangezogen. Seine Lider flatterten, als er Jacks Lippen an seinem Schwanz spürte.

„Ich vernasche, du redest", erinnerte ihn die dunkle Stimme.

Im Moment konnte er beim besten Willen nichts sagen. Wenn er den Mund geöffnet hätte, wären nur lüsterne Laute herausgekommen ... sein Kopf war gerade gar nicht in der Lage, sinnvolle Worte zu produzieren.

Jacks Zunge schickte ihn direkt ins Paradies. Die raue Textur rieb über seine Eichel, umschmeichelte jeden glühend heißen Zentimeter.

Warmer Atem brandete gegen seine Haut. Der Blick nach unten jagte ein dermaßen heftiges Kribbeln durch seinen Leib, dass ihm kurz schwindelig wurde. Tavi legte vorsichtig die Hände auf Jacks Schultern und schloss die Augen, um nicht noch einmal in Versuchung zu geraten.

„Ich hab mal ... selbst ein Stück fürs ... fürs Klavier komponiert", brachte er hervor. Er hatte das mit dem Reden noch nicht aufgegeben und wollte sich später nicht von Jack necken lassen, weil er seinem eigenen Vorschlag nicht gefolgt war.

„Dabei dachte ich am Anfang ... nicht mal, dass es mir Spaß machen könnte." Das Schmatzen, das von unten kam, machte es nicht gerade einfacher, die Kontrolle über seine Stimme zu behalten. „Ich wollte ja nur Spielen lernen, damit ich andere beeindrucken kann. ... Und dann hat mich die Musik beeindruckt."

Tavi zuckte zusammen, als sich ein nasser Finger zwischen seine Pobacken schob. Dieser Mann wollte ihn eindeutig wahnsinnig machen. Seine Hände krallten sich fester in Jacks Schultern und seine Oberschenkel spannten sich an.

Ein elektrisches Prickeln wand sich an seiner Wirbelsäule entlang. Sein Schwanz pochte unter den feuchten Liebkosungen und sein Körper wusste nicht, was er mit sich anfangen sollte. Obwohl er stillhalten wollte, bewegte sich sein Becken Jacks Hand entgegen.

Inzwischen kam nur noch Stöhnen aus seinem Mund. Zu nichts anderem war er mehr in der Lage. Es fühlte sich an, als würde sein Körper langsam in dieser Mischung aus Wonne und Verzweiflung zerfließen.

Er wollte Jack wenigstens davor warnen, dass er gleich kommen würde, aber nicht einmal dafür hatte er noch den Atem. Ein zittriges Schluchzen war alles, was er hervorbrachte, kurz bevor er sich in der warmen Mundhöhle entlud und eine kribbelnde Lawine aus Wohlgefühl durch seinen ganzen Körper rollte.

Jack schien sich nicht daran zu stören – er behielt ihn nahe bei sich und zog sich erst lange Sekunden später zurück. Beide Hände streichelten seine Hüften und sein Mund verteilte kleine, feuchte Küsse auf seiner Haut.

Tavis Beine gaben zittrig nach. So schön es auch war – er konnte einfach nicht mehr. Aber Jack schien darauf vorbereitet zu sein, er zog ihn zu sich aufs Sofa.

Sofort hüllte ihn dieses schöne Gefühl von Sicherheit und Geborgenheit ein. Jacks Arme, die ihn festhielten und sein Körper, der ihn mit einer Wärme durchflutete, die die Hitze seiner Erregung langsam ablöste ... er liebte das einfach.

Mit einem glücklichen Lächeln schmiegte er sich enger in die Umarmung und hielt die Augen geschlossen, um keine Sekunde davon zu verschenken.

∗

Tavi im Arm zu halten, tat so gut, dass es ihm fast Angst machte. Er war so zufrieden in diesem Moment. Vielleicht war es das, was ihn so zweifeln ließ.

So zufrieden konnte niemand sein, der sein Kind verloren hatte. Womöglich war das das beste Zeichen dafür, dass irgendein kranker Teil von ihm Tavi als seinen Ersatz sah.

Dabei fühlte es sich nicht so an. Keine Sekunde lang hatte er je Philipp in Tavi gesehen. Aber der Zweifel war da und er ließ sich nicht vertreiben, egal, wie sehr er es versuchte. Nur während es zur Sache gegangen war, hatte er nicht daran denken müssen. Da war sein Kopf angenehm leer gewesen. Nun kam alles zurück.

Und Jack beschloss, dass es so nicht weitergehen konnte.

Es war nicht gerecht Tavi gegenüber, wenn er innerlich zweifelte, leise aber doch immer wieder. Er musste damit aufhören. Sicherheit für sich selbst finden. Und der einzige Weg, der ihm einfiel, war einer, den er nie hatte gehen wollen. Den er nie wirklich in Betracht gezogen hatte, egal wie schlecht es ihm gegangen war und egal, wie viele Menschen ihm das geraten hatten. Jetzt, mit diesem Mann im Arm, tat er es. Er konnte nur hoffen, dass der dann immer noch bei ihm bleiben würde.

Jack wusste nicht, was passieren würde, wenn er eine Therapie versuchte. Vielleicht gar nichts. Vielleicht waren es wirklich nur Gespräche, die rein gar nichts brachten und sich gestellt und nutzlos anfühlten.

Aber vielleicht würde sich auch etwas verändern. Etwas an ihm. Er spürte diese Angst ganz weit hinten in einer Ecke seines Bewusstseins und er wusste, dass sie der Hauptgrund dafür war, dass er nie Hilfe gesucht hatte, obwohl Philipps Tod ihn schwer belastete.

Es war Furcht und es war Schwäche. *Feigheit* hätte Tavi es wahrscheinlich genannt.

Jack hauchte noch einen Kuss auf Tavis Haar, bevor er ebenfalls langsam in den Schlaf hinüberglitt.

KAPITEL 22

TAVI SCHLENDERTE AN dem grünen Zaun entlang, der den alten Minigolfplatz umrahmte. Er ließ die Finger über die Pfosten gleiten, sodass sich ein leises, klopfendes Geräusch ergab. Den Handschmeichler hatte er zu Hause vergessen, weil er in der Jacke steckte – und heute war es zu heiß dafür gewesen.

Er war zu früh hier und das gab seiner Anspannung ordentlich Futter. In jeder Sekunde, die er wartete, steckten neue Ideen, wie sein Wiedersehen mit Elijah ablaufen würde. In einigen dieser Filme verpasste Eli ihm eine Ohrfeige, in anderen durchbohrte er ihn mit einem so angeekelten Blick, dass er beinahe vor seiner eigenen Vorstellung zurückwich. Es würde sicher unangenehm werden. Aber gehen würde er trotzdem nicht. Er war hier, damit sie das überwinden und neu anfangen konnten.

Vom Minigolfplatz her drangen Rufe und Gelächter. Tavi hob den Kopf und beobachtete zwei Familien dabei, wie sie an der Wippe versuchten, den Ball einzulochen. Eins der Kinder donnerte seinen Schläger vor Wut auf den Boden und der Vater versuchte hastig, ihm das Ding wegzunehmen.

„Da bist du ja." Elis Stimme jagte ihm einen Schauer über den Rücken. Tavi sammelte sich, ehe er sich ihm zuwandte. Er sah gut aus. Frisch und erholt und irgendwie ein bisschen anders. Vielleicht lag es an der leichten Sonnenbräune oder daran, dass er ihn jetzt auf eine andere Weise sah.

„Hey", sagte Tavi leise. Er schaute Eli an, aber wusste nicht, wie er ihn begrüßen sollte, ohne eine Grenze zu überschreiten. Ihn einfach so zu umarmen, fühlte sich falsch an. Angespannt stand er da und versuchte, seine Anspannung hinunterzuschlucken.

Eli musterte ihn. „Wollen wir eine Runde Minigolf spielen?"

Am Anfang fühlte es sich seltsam an, wieder in seiner Nähe zu sein. Der Anfang ihres Gespräches gestaltete sich zögerlich und ruhig. Tavi wusste nicht so richtig, wie er beginnen sollte, und Eli ging es vermutlich ähnlich.

Also schlichen sie mit ihren Schlägern und Punktelisten durch den Park und klammerten sich an den Moment. Ein bisschen half das Gemurmel über den eigenen schlechten Schlag und das Gelächter über eigentlich unmögliche Treffer.

Als Eli an der vierten Bahn ein wenig davon erzählte, wie schön der Urlaub und die Flitterwochen gewesen waren, fasste Tavi neuen Mut für seine Entschuldigung. „Freut mich, dass ihr eine gute Zeit hattet ... vor allem, nachdem ich eure Hochzeit so ziemlich versaut habe."

„Hast du das Video rumgeschickt?"

Tavi schüttelte heftig den Kopf. „Nein! Gott, ich wollte mich ja outen, aber ganz sicher nicht auf diese Weise. Ich wollte es dir im Vertrauen sagen und mich dann zu den weniger wichtigen Leuten durcharbeiten." Er schnaufte. „Nie im Leben hätte ich versucht, deine Hochzeit als Bühne zu benutzen. Das war so unfassbar unangenehm."

„Du untertreibst", sagte Eli und schlug seinen Ball weg. Er rollte über die Welle in der Bahn auf die andere Seite, prallte gegen die Bande und setzte seinen Weg Richtung Loch fort – leider mit zu wenig Tempo. Er brauchte einen zweiten Schlag. „Ich dachte das auch nicht ... Lola hat mich das gefragt. Ich meine, woher bekommt jemand so ein Video?"

„Ich habe diesen Club besucht. Eigentlich um genau so etwas zu vermeiden. Ich wollte anonym sein, und mich ablenken ... von dir. Als du mir gesagt hast, dass ihr heiratet, war endgültig klar, dass aus uns nichts werden wird und ich habe da nach einer schnellen Gelegenheit gesucht, ..."

„Einen Ersatz für mich zu finden." Es schmerzte, wie Elijah seinen Satz beendete. Er stand neben der Bahn, auf seinen Schläger gestützt und schaute ihn an.

„Ich hab nie ... in solchen Momenten an dich gedacht. Ich war von mir selbst schockiert, als ich gemerkt habe, was ich gerade mache. Es ist danach auch nie wieder passiert."

Elis Mimik wirkte verspannt. „Ich verstehe immer noch nicht, was überhaupt passiert ist. Jemand anders hat das Video gemacht ... in diesem Club?"

„Jemand hat versucht, mich zu erpressen. Mit der *Wahrheit*. Ich wusste nicht, dass es dieses Video gibt. Ich dachte, es geht nur allgemein um meine Homosexualität. Aber Fakt ist, dass ich ihm die perfekte Waffe geliefert habe ... wäre ich nicht so krank draufgewesen, hätte es dieses Video nie gegeben."

„Du wurdest erpresst? Warum bist du nicht zu Polizei gegangen?" Eli sah immer verwirrter aus.

„Ich ... konnte nicht. Ich hatte Angst, dass sie mich dann gleich dabehalten." Er seufzte tief und starrte auf seine Schuhe. Er hatte sich ja vorgenommen Eli alles zu erzählen, aber jetzt war es doch verdammt schwer. Noch während er seine Kraft dazu sammelte, trat Elijah zu ihm heran und legte vorsichtig einen Arm um seine Schulter.

„Wollen wir uns kurz hinsetzen?"

Auf der Bank unter einer der Weiden erzählte Tavi leise die Geschichte mit Philipp und schnitt dabei auch seine Vergangenheit und den Grund mit an, warum er sich überhaupt versteckte. Es war hart, den Morgen in der Dusche noch einmal zu umreißen, und Tavi hoffte, dass es das letzte Mal war, dass er gedanklich dahin zurückmusste.

Obwohl es harter Tobak war, den er preisgab, blieb Elijah bei ihm sitzen. Am Ende tätschelte er sogar seinen Arm. Tavi hielt mit Mühe die Tränen zurück.

„Oh Mann, ich hab nicht geahnt, dass du so etwas mit dir herumträgst", sagte Eli leise. „Du hast immer so unbeschwert gewirkt."

„Ich habe meine Rolle gut gespielt."

Sie schwiegen einen Moment und Eli schien die Teile dieser Geschichte zusammenzusetzen. „Der Erpresser wusste von dieser Sache und wollte dich unter Druck setzen, damit du es gestehst?"

„Es wird noch komplizierter." Tavi lachte verzweifelt auf. Aber es half jetzt nichts mehr. Er musste Eli alles sagen. „Der Erpresser war Philipps Vater. Er ist mir in dem Club begegnet, hat mich an meinem Armband und meiner Ausstrahlung irgendwie erkannt und dann seine Chance genutzt. Er hat die ganzen Jahre über gedacht, dass ich seinen Sohn umgebracht habe. Als er mich in dem Club gesehen hat, war das für ihn ein starkes Indiz. Er dachte, ich hätte Philipp damals aus Selbsthass umgebracht, ... weil ich selbst schwul bin."

„Aber es war ein Unfall", sagte Eli und Tavi nickte. „Inzwischen weiß er das auch."

„Okay, also habe ich es Philipps Vater zu verdanken, dass dieses Video meine Hochzeit gesprengt hat?"

„Wie gesagt ... ich bin schuld, dass es dieses Video gibt."

„Du nimmst ihn in Schutz?"

„Da ist noch etwas." Tavi seufzte. „Du wirst mich für verrückt erklären. Wir sind inzwischen zusammen."

„Was?" Eli lachte, schnaufte, schüttelte den Kopf und schien überhaupt nicht zu wissen, wie er reagieren sollte. Der Griff seiner Hand verfestigte sich, ehe er ihn losließ und aufstand. Tavis Magen krampfte sich zusammen. „Du bist jetzt mit dem Mann zusammen, der dich erpresst hat? Der dieses Video von dir rumgeschickt hat? Wegen dem du letztendlich auch deinen Job los bist?"

„Das ist eine sehr akkurate Aufzählung", erwiderte Tavi mit einem hilflosen Grinsen. „Ich weiß ... aber ... ich hab mich verliebt, und er sich auch. Wenn man es so erzählt, klingt es unfassbar und total krank, das ist mir bewusst, aber ... wenn wir zusammen sind, nehme ich das nicht wahr. Dann ist er einfach nur der Mann, für den mein Herz schlägt."

Eli lief am Rand der Bahn auf und ab und schüttelte den Kopf. „Wenn du mich verarscht ..."

„Ich verarsche dich nicht! Ich hab dir das alles erzählt, damit es endlich keine Geheimnisse mehr zwischen uns gibt. Du weißt jetzt wirklich alles. Ich hab gehofft, wir können irgendwie neu anfangen. Mir fehlt mein bester Freund."

„Ja, offensichtlich fehlt dir jemand, der dich fragt, ob du noch alle Tassen im Schrank hast." Die Worte waren von einem Lachen durchbrochen, das immer noch ein wenig ungläubig klang. „So wie es ein bester Freund in dieser Situation tun müsste."

Tavi fuhr sich mit beiden Händen übers Gesicht. Er vermisste den Handschmeichler. „Sorry. Ich hab das so nicht geplant. Ich weiß jetzt nur, dass eine einzige verdammte Lüge reicht, um dein ganzes Leben zu verschieben und zu verkleben. Der Versuch, sie aufzulösen, hat dieses Chaos erzeugt, mit dem ich jetzt klarkommen muss. Wenn du darin nicht weiter involviert sein willst, versteh ich das."

„Lass uns weiterspielen", sagte Eli und winkte ab. Er schien ein bisschen Zeit zu brauchen, um seinen Kopf zu sortieren, und Tavi gab sie ihm gern. Ehrlich – er war schon froh, dass Eli nicht einfach ging.

Immerhin war Jack für ihn nicht nur der Erpresser, sondern auch derjenige, der seine Hochzeitsfeier auf dem Gewissen hatte. Innerlich schüttelte Tavi den Kopf. Er fand es ja selbst kompliziert. Und er konnte nicht von Eli verlangen, dass er diese Beziehung guthieß. Vielleicht bedeutete das am Ende, dass es doch keine Chance mehr für ihre Freundschaft gab. Aber was wäre die Alternative gewesen? Ihm nicht zu sagen, dass Jack derjenige war, und ihn als neuen Freund vorzustellen ... das wäre nur wieder ein neues Lügenkonstrukt gewesen. Es war richtig, wie er sich entschieden hatte. Nun musste er eben die Konsequenzen dafür tragen.

Sie spielten die nächsten Bahnen. Wieder waren die Kommentare zum Spielgeschehen die einzigen, die fielen, aber das war in Ordnung. Er würde geduldig sein, auch wenn die Frage danach, wie Elis Fazit ausfallen würde, in seinen Gedanken immer mehr Raum einnahm.

Schließlich kamen sie bei den schwierigen Stationen an. An einer Stelle musste man den Ball durch ein Loch in einer Wand katapultieren. Es dauerte eine Ewigkeit, bis sie das Hindernis schafften. Tavi hatte ein einziges Mal richtiges Golf gespielt ... Minigolf zuletzt irgendwann mit elf oder zwölf. Eli fluchte die ganze Zeit, war am Ende aber total stolz, als ihm der Schlag gelang.

An der letzten Bahn schwanden Tavis Hoffnungen auf einen guten Ausgang dieses Treffens. Wahrscheinlich würde Elijah nach dem heutigen Tag doch Abstand zu ihm wollen. Es war eine Sache, ihm zu verzeihen ... eine andere wäre es wohl, Jack als seinen neuen Freund zu akzeptieren. Er konnte sich ehrlich gesagt noch nicht vorstellen, dass Lola und Eli sie zum gemeinsamen Essen bei sich einladen würden. Das Bild hing einfach zu schief.

Nachdenklich trug er die letzte Schlagzahl ein und Eli kam zu ihm, um ihre Zettel zu vergleichen und festzustellen, wer gewonnen hatte.

„Hätte ich nicht gedacht", murmelte Eli. Die Zahlen verrieten, dass er zwei Schläge vorn lag.

„Ich hab an dem Haus komplett verkackt."

„Ach ja, das Haus. Aber du warst am Anfang so gut."

„Ja, solange es einfach war." Tavi lachte und auch Elis Gesicht wirkte wieder entspannter. Sie gaben die Ausrüstung ab und verließen den Platz mit ihren Punktezetteln als Andenken.

Draußen angekommen glaubte Tavi schon, sie würden sich einfach verabschieden und das wäre es dann, aber Eli ging nicht, sondern blieb an einem Baumstamm stehen und wandte sich ihm zu.

„Ich möchte, dass zwischen uns wieder alles normal wird", sagte er. „Aber ich kann dir nicht versprechen, dass ich ihm keine reinhaue, wenn du ihn mir vorstellst. Falls ... du das irgendwann willst."

Tavi konnte nicht glauben, was er hörte. „Es ist wirklich okay für dich?", fragte er.

Eli zuckte mit den Schultern und lachte knapp. „Ich halte dich immer noch für gaga, aber die Tatsache, dass du mir das alles erzählt hast, lässt mich annehmen, dass du es wirklich ernst meinst. Oder ihr beide. Ich meine, es gehört schon was dazu, sich auf so eine Beziehung einzulassen. Ihr habt eine gemeinsame Vergangenheit. Ich könnte mir sowas nicht vorstellen, aber ich weiß auch, was es mit einem macht, wenn man sich verliebt. Du hast echt was hinter dir, Tavi. Ich möchte dir den Rücken stärken, wenn ich kann. Aber ich kann nicht versprechen, dass es klappt."

Zum zweiten Mal an diesem Tag war Tavi den Tränen nahe, weil ihm klar wurde, was für ein guter Freund Eli in Wirklichkeit war. Dass er versuchen wollte, mit alledem umzugehen, trotzdem an seiner Seite zu stehen.

Er wusste gar nicht, was er sagen sollte.

„Kann ich dich umarmen?"

Eli schmunzelte. „Sicher."

KAPITEL 23

DANKE FÜR DAS aufschlussreiche Gespräch", sagte die Personalchefin und schüttelte seine Hand mit einer Herzlichkeit, die Tavi hoffen ließ. „Wir melden uns, wenn wir zu einer Entscheidung gekommen sind."

Tavi lächelte. „Ich freue mich darauf." Vielleicht klappte es ja tatsächlich. Der einzige Haken wäre, dass die Agentur eine gute Fahrtstunde entfernt lag, aber er war bereit, das in Kauf zu nehmen, wenn er dafür wieder seinen Job machen konnte.

Er wollte ja sowieso irgendwann umziehen.

Gut gelaunt verließ er das Gebäude und fuhr zurück nach Hause. Der beste Termin der Woche stand an ... sein Treffen mit Jackson. Es war eine Woche her, seit sie sich das letzte Mal gesehen hatten – das war der Abend gewesen, an dem Jack ihm erzählt hatte, dass er den Hasen unten vor seinem Haus gestellt hatte.

Diese Sache war nun hoffentlich aus der Welt, aber irgendwie war er das Gefühl trotzdem nicht losgeworden, dass Jack etwas belastete. Vielleicht konnte er heute herausfinden, was es war.

Tavi fuhr nach Hause, duschte, zog sich um und machte sich bald darauf auf den Weg zu Jacksons schicker Wohnung. Die lag immerhin schon ein kleines Stück näher an der Agentur, bei der er sich vorgestellt hatte ... Natürlich war der Gedanke verrückt, direkt bei ihm einzuziehen, aber es sich vorstellen durfte man ja.

Wenn es mit dem Job klappte, würde er versuchen, eine Wohnung zu finden, die zwischen beiden Punkten lag. Nicht zu weit weg von der Arbeit und noch nahe genug bei Jack.

Schon krass, wie sehr er ihn nach den paar Tagen schon vermisste.

Eigentlich hatten sie sich gestern treffen wollen, aber dann hatte Bea ihn angerufen, weil sie ganz dringend jemanden gebraucht hatte, der sie zum Flughafen und wieder zurück fahren konnte. Sie war schon ganz verzweifelt gewesen, weil niemand so spontan Zeit hatte, da hatte er sich bereiterklärt und Jack gebeten, ihr Treffen auf heute zu verschieben. Auf der Fahrt hatten sie echt lange gequatscht und sich gut amüsiert. Außerdem hatte er direkt noch ihren Bruder kennengelernt, der auch ein echt cooler Typ war.

Tavi war froh, dass er auch einmal etwas hatte für sie tun können – aber heute würde ihn nichts und niemand davon abhalten, Zeit mit Jack zu verbringen.

Schmunzelnd parkte er sein Auto und lief zu dem Wohnhaus hinüber.

Sein Herz pochte aufgeregt, als er vor der weißen Tür stand und wartete, dass Jack ihm öffnete.

„Hey."

Es tat so gut, ihn wiederzusehen. Tavi lächelte breit und überfiel Jack direkt auf der Türschwelle mit einem Kuss und einer innigen Umarmung. Erst danach nahm er sich die Zeit, die Tür zu schließen und Jack genauer anzusehen.

Er wirkte ganz schön ... müde? Einen leichten Schatten unter seinen Augen war er gewöhnt, aber nicht diese Ringe. Außerdem wirkte seine Nase ein bisschen gereizt. War er krank? Oder nur überarbeitet?

„Wie geht es dir?", fragte er, während er Jack in die Küche folgte, wo schon das Essen vor sich hin brutzelte. Der Geruch von Lauchzwiebeln lag in der Luft und vermischte sich mit dem Duft von gebratenem Hähnchen.

Jack wandte sich sofort wieder der Pfanne zu und schwenkte sie fachmännisch, sodass Tavi sein Gesicht nicht weiter unter die Lupe nehmen konnte.

„Gut und dir?"

„Richtig gut", erwiderte er. „Das Gespräch lief super und die Agentur sieht wirklich toll aus. Viel moderne als meine alte ... ich würde echt gerne dort arbeiten."

„Ach ja, das war ja heute", murmelte Jack. „Hatte ich ganz vergessen. Freut mich, dass es gut lief. Die nehmen dich bestimmt." Das war untypisch. Normalerweise vergaß Jack nichts.

Tavi lehnte sich neben ihn an die Theke. „Kann ich noch was helfen, oder bist du schon fertig?"

„Du kannst dich schon setzen, ich bin gleich fertig." Dass er kein Lächeln von ihm bekam, ließ die Besorgnis wachsen. Hatte Toby sich doch nochmal gemeldet? Zweifelnd ließ Tavi sich auf einen der Stühle am Esstisch sinken und sah Jack dabei zu, wie er das Essen auf zwei Teller verteilte.

Dann gesellte er sich zu ihm.

„Guten Hunger." Tavi beschloss, dass er noch etwas warten würde, bevor er nachbohrte. Bis jetzt hatten sie es trotz aller Schwierigkeiten hinbekommen, ehrlich zueinander zu sein und Probleme anzusprechen. Vielleicht musste er nur abwarten, bis sie sich gestärkt hatten.

„Das sieht so gut aus", schwärmte Tavi und genehmigte sich den ersten Bissen. Dass Jack toll kochen konnte, hatte er schon vor einer Weile erfahren dürfen. Irgendwie war es ja auch kein Wunder, immerhin hatte er lange Zeit für jemanden gesorgt. Na ja, und wer so einen Körper hatte, wusste wohl auch, wie man gesundes Essen lecker zubereitete.

Tavi grinste leise vor sich hin und genoss die Mahlzeit. Zwischendurch erzählte er noch ein bisschen von seinem Vorstellungsgespräch und der Agentur und fragte nach den Zahlen des Clubs.

Langsam schien die neue Kampagne zu wirken. Es kamen wieder mehr Besucher und auch die Klickzahlen hörten sich vielversprechend an. Jack versprach, sie ihm nachher am Rechner zu zeigen.

Er redete so wie immer mit ihm. Mit derselben angenehmen Stimme, die ihn schon im Club verzaubert hatte. Aber etwas fehlte dennoch.

„Möchtest du einen Nachtisch?", bot Jackson an. „Ich habe Eis gekauft."

„Als ob ich da Nein sagen könnte. Zur Feier des Tages." Tavi lächelte weiter. Irgendwie hoffte er, dass er Jack irgendwann wieder damit anstecken würde. Aber der wandte sich genauso schwermütig wie vorher vom Tisch ab und hantierte an der Kühltruhe herum.

Tavi beobachtete ihn zweifelnd. Er wirkte nicht nur müde, sondern fast, als würde er ein Gewicht auf seinem Rücken tragen. Seine Schultern wirkten seltsam steif, die Bewegungen auf den zweiten Blick ein wenig kraftlos.

Jackson stellte zwei kleine Schüsseln auf die Arbeitstheke und nahm einen Eisportionierer aus der Schublade. Zitterte seine Hand?

Stirnrunzelnd sah Tavi ihm zu.

„Fühlst du dich nicht gut?", fragte er, weil er es nicht mehr aushielt.

Jack nahm die Eisschüssel und stellte sie mit viel zu viel Schwung vor ihm auf dem Tisch ab. Das Glas knallte auf die Tischplatte und Tavi zuckte leicht zusammen. Zweifelnd schaute er hoch zu Jack, dessen Gesicht wie eine Maske wirkte.

Schweigend wandte er sich der anderen Schüssel zu und hantierte wieder mit dem Eislöffel. Tavi stand auf und stellte sich zu ihm. Mit beiden Händen griff er nach Jacks zitterndem Arm und hielt ihn sanft fest.

„Du zitterst", sagte er leise. „Was ist los? Brauchst du etwas?" Langsam machte er sich wirklich große Sorgen um Jacks Verfassung. Merkte er selbst nicht, dass er sich komisch verhielt? Hatte der Hase ihm irgendwas getan? „Das macht mir Angst."

Jack legte die Eiskelle beiseite und stützte die Hände auf die Theke. Mit gesenktem Kopf stand er da und schien sich sammeln zu müssen. Tavi blieb nahe bei ihm, legte ihm vorsichtig eine Hand auf den Rücken und hoffte, dass das okay war.

*

Genau das hatte er nicht gewollt.

Sein ganzer Körper rebellierte gegen die Gefühle, die schon die ganze Zeit in ihm wüteten. Es war eine verdammt beschissene Idee gewesen, Tavi heute zu sich kommen zu lassen. Da war er zu ungeduldig gewesen. Und zu leichtsinnig.

Er hatte zwar geahnt, dass die erste Sitzung schlauchen würde, aber dass er danach ein labiler Schatten seiner selbst sein würde – das hatte er nicht erwartet.

Seine Hände kribbelten, als wäre kein Blut mehr in ihnen, seine Beine fühlten sich schwach an und jeder einzelne Atemzug zu schnell und zu kurz. Einzig Tavis Nähe schien Schlimmeres zu verhindern.

Er fühlte sich so verdammt schwach und erschöpft. Innendrin. Als hätten die Worte seinen Körper von innen aufgerieben wie Sandpapier. Jack spürte Tränen in sich aufsteigen. Darauf folgte die Hitze einer Wut, die keinen richtigen Auslöser hatte. Vielleicht war er es selbst. Er hasste es, sich so zu fühlen. Und noch schlimmer war es, das vor Tavi zu tun.

Angestrengt schluckte er gegen den Druck in seiner Kehle an. Die Zeit schien stillzustehen. Er wollte Tavi wegscheuchen. Ihm sagen, dass er nach Hause gehen sollte, aber selbst dafür hatte er keine Kraft und er wusste, dass er sich danach noch schlechter fühlen würde. In Wirklichkeit brauchte er ihn genau jetzt.

Er wandte das Gesicht ab, als die Tränen sich ihren Weg tatsächlich bahnten. Scheiße. Er hatte seit hundert Jahren nicht mehr geheult.

„Hey." Tavis Stimme wurde immer weicher. Er streichelte ihm den Rücken, war so wahnsinnig liebevoll, dass es noch schwerer wurde, ihn wegzuschicken. Scheiße, er wollte nicht, dass er ihn so sah. Sanfte Arme legten sich um seinen Körper. „Du kannst mir alles sagen. Versprochen."

Jack wischte sich die Tränen aus den Augenwinkeln und war froh, dass nicht sofort neue kamen. Er traute seiner Stimme nicht, aber er musste trotzdem etwas sagen.

„Es ist alles in Ordnung. Ich bin heute nur etwas neben der Spur." Er griff nach dem Behälter mit der Eiscreme und stellte ihn zurück ins Kühlfach.

„Wollen wir uns aufs Sofa setzen?", fragte Tavi

Sie gingen hinüber ins Wohnzimmer und ließen sich nebeneinander auf den Polstern nieder. Der Druck hinter seinen Augen hatte nachgelassen, aber das Zittern und die Schwäche blieben. Wie lange würde Tavi sich das ansehen?

Da er es sowieso nicht mehr verbergen konnte, legte er die Karten auf den Tisch. „Ich war heute bei einer Psychologin. Sowas ist anstrengender, als ich dachte." Er schnaufte belustigt. „Hat mich anscheinend ganz schön durch den Fleischwolf gedreht."

Tavi stieß hörbar den Atem aus. Das klang nach Erleichterung. „Wow, okay, ich dachte schon, du wurdest wieder vergiftet." Er streichelte seinen Arm. „Warum warst du da?"

„Eigentlich wegen dir."

Tavi hob die Brauen. „Wie meinst du das? Fällt es dir schwer, mit mir zusammen zu sein, wegen ..."

Er nahm Tavis Hand und verflocht ihre Finger ineinander. „Ich war noch nie da", sagte er. „Auch damals nicht, als es mir von allen Seiten geraten wurde. Ich wollte allein klarkommen. Vielleicht aus falschem Stolz, vielleicht weil ich es mein Leben lang so gelernt habe. Ich war der Meinung, dass das bisher auch ganz gut geklappt hat. Jetzt bin ich mir nicht mehr so sicher, was das betrifft." Seine Rachepläne gegen Tavi waren am Ende wohl auch ein Symptom seiner unterdrückten Trauer und Wut gewesen. Er hatte sich nie erlaubt, diese Gefühle wirklich auszuleben. Vielleicht hatte er sie nie richtig verarbeitet. „Ich habe gemerkt, dass ich mich nicht so auf dich einlassen konnte, wie du es verdienst. Ich habe immer wieder gezweifelt, was diese Gefühle sind. Am Ende wollte ich Klarheit ... für uns. Deswegen war ich da."

Tavi ging nicht. Er saß immer noch neben ihm und rückte eher noch ein Stück heran. Obwohl er sich davor fürchtete, Enttäuschung und Ablehnung in seinen Augen zu sehen, begegnete er seinem Blick. Aber in Tavis Gesicht stand nichts davon. Da war nur Mitgefühl.

„Wir sind in einer schwierigen Situation mit dieser Beziehung. Wahrscheinlich denkst du jedes Mal an Philipp, wenn du mich siehst, oder? Das muss schwer sein."

Jack schüttelte den Kopf. „Ehrlich gesagt nicht. In meinem Kopf ist meistens gar kein Platz für andere Sachen, wenn ich dich vor mir habe."

Das zaghafte Lächeln auf Tavis Gesicht wärmte seine geschundene Seele. „Hast du jetzt mehr Klarheit?"

„Ich fühle mich wie ein Idiot."

„Wieso?"

„Weil ich eigentlich niemanden brauchen sollte, der mir sagt, ob ich dich liebe oder nicht."

„Manche Dinge sind kompliziert. Und Liebe ist ein verdammt großes Wort."

„Trotzdem."

„Du bist ein Sturkopf."

Tavi lehnte sich gegen ihn und Jack löste die Verbindung ihrer Hände, damit er ihn in den Arm nehmen konnte. Für einen Moment schloss er die Augen und genoss, wie sich das anfühlte.

„Sie konnte es mir nicht sagen", erzählte er dann. „Aber die Tatsache, dass du es geschafft hast, mich zu dieser Aufarbeitung zu bewegen und meine *emotionale Distanz* zu verlassen, ist positiv."

„Ich habe also einen guten Einfluss und darf bleiben."

Jack strich ihm durch die dunklen Locken. „Ich hätte nicht gedacht, dass du es tust."

„Warum nicht?"

Jackson schwieg, aber Tavi kam ihm auch so auf die Spur.

„Als ob ich abhaue, nur weil du mal einen schwachen Moment hast."

Rein logisch betrachtet hatte er recht. Es war kein Geheimnis gewesen, dass er schwach sein konnte. Immerhin hatte Tavi ihn auch unter den Einfluss der Droge gesehen. Kotzend und zitternd und halluzinierend. Aber das hier war anders. Es kam nicht von außen, sondern aus seiner Seele.

Und es fiel ihm auch jetzt noch schwer, das wirklich herauszulassen, obwohl Tavi ihm bereits klargemacht hatte, dass es ihn nicht störte, wenn er schwach war.

„Ich trage auch etwas mit mir herum, das ich wahrscheinlich mit einem Therapeuten besprechen müsste", sagte er nach einer Weile. „Den schwächsten Moment meiner Kindheit."

Die Geschichte, die Tavi ihm aus seiner Schulzeit erzählte, ließ Jackson mehrmals schmerzvoll die Augen schließen und den jungen Mann fester in seine Arme nehmen.

Ihm war, als könne er das Gelächter der Jungs selbst hören. Das Kreischen der Mädchen. Die tadelnden und wenig hilfreichen Worte der Lehrerin.

Kein Wunder, dass dieser junge Mann nicht wollte, dass fremde Hände ihm die Kleidung vom Körper schälten. Er verstand das auf jeder Ebene. Und er bewunderte Tavi dafür, dass er trotz dieser Erlebnisse, von denen es sicherlich noch mehr gab, zu so einem starken Menschen geworden war.

Seine Zuneigung zu ihm wuchs mit jeder Sekunde. Nicht nur, weil er ihn beschützen wollte. Auch weil ihm klar wurde, dass Tavi ihm das erzählt hatte, damit er weniger stark mit seiner eigenen Schwäche haderte.

Dieser Mann blickte in seine Seele. Er begriff ihn, ohne dass er sich erklären musste, akzeptierte ihn, ohne dass er darum bitten musste, vertraute ihm, ohne Netz und doppelten Boden. Mit allem, was er hatte. Einfach so.

Nein, er brauchte wirklich niemand anderen, um zu wissen, dass das der Kern dessen war, was manche Liebe nannten.

KAPITEL 24

IN DEN NÄCHSTEN zwei Tagen sahen sie sich nicht und schickten sich auch nur wenige Nachrichten aufs Handy. Was auch okay war ... Er wollte Jack ein bisschen Zeit für sich geben. Die Therapie, die er begonnen hatte, war sehr anstrengend für ihn und Tavi bewunderte ihn dafür, dass er sich dem stellte.

Er selbst hatte dank der Zusage zu der neuen Stelle auch ein paar Dinge zu erledigen, wälzte sogar alte Bücher aus seinem Studium, um ein paar Grundlagen aufzufrischen.

An Tag drei vermisste er Jack allerdings schon so sehr, dass er überlegte, ob es okay war, ihn einzuladen. Eine Weile hielt er sich zurück. Vielleicht war es noch zu früh. Er wollte ihn nicht unter Druck setzen ... aber andererseits ... er vermisste ihn doch hoffentlich auch, oder?

Wie so oft kam Jack ihm zuvor. Auf eine ziemlich romantische Art und Weise, wie Tavi fand. Denn als er von seinem Besuch im Fitness-Studio heimkehrte und den Briefkasten überprüfte, fand er darin einen edlen Umschlag, in Weinrot und Gold. Tavi grinste glücklich, während er langsam die Treppen hinaufstieg und ihn öffnete. Die Karte, die zum Vorschein kam, war genauso schick wie der Rest – perfekt an das Design seines Clubs angepasst.

Einladung stand darauf. *Ich erwarte dich heute Abend am gewohnten Ort.*

Ein warmes Kribbeln jagte durch seinen Körper. Tavi zog die Wohnungstür zu und ging ins Schlafzimmer, wo seine Maske hing. Sie hatten in letzter Zeit ja öfter Scherze darüber gemacht, sich nochmal im Club zu treffen. Mit den Masken. Er liebte die Idee. Und er freute sich wahnsinnig darauf, ihn wiederzusehen.

Extra schick angezogen fuhr er zum Club. Die Nacht lag über der Stadt und zum ersten Mal, als er hier raus fuhr, hatte er überhaupt keine Angst. Nicht vor den Scheinwerfern der anderen Autos, nicht vor dem Aussteigen, nicht vor dem Weg zum Eingang des Clubs.

Inzwischen wusste er, wer er war. Und die Welt wusste es auch. Es gab nichts mehr zu verstecken. Vielleicht reizte es ihn deswegen so, die Maske nochmal zu tragen. Es fühlte sich feierlich an, sie aufzusetzen, nicht als würde er sich in einen langen Mantel hüllen.

Er warf die Tür seines Wagens zu und ließ den Parkplatz hinter sich. Milde Nachtluft umwehte ihn und kühlte die Hitze der Aufregung. Er konnte es kaum noch erwarten, Jack zu sehen.

Das hier war eine kleine Reise zurück. Einige Wochen zurück in die Vergangenheit. Diese Nacht, in der er Jack zum ersten Mal getroffen hatte. Nicht ganz zum ersten Mal. Aber zum ersten Mal *wirklich*.

Durch die Sicherheitskontrolle gelangte er nach drinnen. Alles war so wie in seiner Erinnerung. Die Eleganz dieser Räume nahm ihn sofort wieder gefangen. Es war wie Magie. Die Farben, die Gerüche, die Atmosphäre ... die Männer.

Verstohlen sah er sich um. Tatsächlich entdeckte er heute keine Horror-Masken. Nur jede Menge geheimnisvolle Fremde. Die Luft um ihn herum prickelte vor Neugier. Aber er war nicht wegen ihnen hier, sondern nur wegen eines einzigen.

Schmunzelnd wanderte er durch die Gänge, warf hier und dort einen Blick hinein. *Nur mal gucken*, sagte er leise zu sich selbst. Hinter einer Säule wurde er Zeuge einer heftigen Knutscherei. Die Masken der beiden hingen ein bisschen schief, aber das war ihnen egal. Sie waren ganz ineinander versunken.

Er ging weiter. Nach oben in den ersten Stock. Über das Geländer warf er einen Blick nach unten zu dem Brunnen, an dem mehrere Männer saßen und es langsamer angehen ließen.

Dann wandte er sich der Tür zu, auf die es ankam.

Das Zimmer, in dem er sich mit Jack versteckt hatte. Das Zimmer, in dem sie sich demaskiert hatten. Es steckte jetzt schon voller Erinnerungen und jetzt kam noch eine dazu. Tavi schmunzelte und zog die Tür hinter sich zu.

Es hatte sich nicht verändert. Das teure Rot, die geschliffenen Formen der Möbel. Der Vorhang, hinter dem sich ihr Geheimnis verbarg. Wartete Jack dort schon auf ihn? Oder war er als Erster angekommen? Tavi folgte der Ungeduld seines laut klopfenden Herzens. Kribbelnde Finger schoben den schweren Vorhangstoff beiseite. Er schlüpfte in den geheimen Raum und setzte sich auf die Bettkante.

In seinem Magen flatterten tausend Schmetterlinge. Er war so aufgeregt! Was für eine tolle Idee dieses Date war. Zum Glück ließ Jack ihn nicht zu lange warten. Die Tür klappte bald, Schritte kamen näher und der Mann, auf den er gewartet hatte, schlüpfte durch den Vorhang. Die Löwenmaske glänzte ihm entgegen.

Ein Lächeln huschte über Tavis Gesicht. Sein Herz schlug ihm bis zum Hals. Erst als Jack sich neben ihn setzte, merkte er, dass etwas anders war. Sein Kinn, seine Haare ... Er ...

Bevor er etwas sagen konnte, packte eine Hand seinen Hals und drückte ihn nach hinten auf die Liegefläche des Bettes, schob ihn grob weiter hinauf. Panik weitete Tavis Augen. Er starrte in das Gesicht hinter der Maske. Nein, das war nicht sein Jack. Und die Maske war auch anders. Sie ähnelte der von Leo, aber es war nicht dieselbe.

Die fremden Finger lagen fest an seinem Hals und der Fremde setzte sich so auf ihn, dass er die Arme nicht bewegen konnte.

Tavi hustete und kämpfte dagegen, aber es half nichts. Kalte Angst ließ ihn schaudern. Was passierte hier?

„Wer bist du?", brachte er hervor und starrte in die fremden Augen.

„Jemand, dem du gut zuhören solltest." Die Stimme erinnerte ihn an etwas. Tavi zog die Brauen zusammen. Die Gedanken hämmerten hektisch in seinem Kopf. Wer auch immer das war ... er hatte nichts Gutes vor.

„Du schreist besser nicht um Hilfe. Es geht hier auch gar nicht um dich. Es geht um deinen geliebten Jackson."

Er war der Typ vom Telefon, oder? Deshalb kam ihm die Stimme entfernt bekannt vor. War das Mac-Millan? Toby? Der Hase?

„Geh runter von mir", knurrte er. „Ich kann auch zuhören, wenn du mir nicht halb die Luft abdrückst."

„Oh, aber ich mag es so." MacMillans Grinsen war unangenehm. „Ich werde dir nichts Schlimmes tun. Ich meine, schau, die Überwachungskamera sieht uns ja." Er deutete mit dem Kopf in Richtung einer der Zimmerecken. „Du wirst ganz freiwillig bei dem mitmachen, was ich möchte."

Es widerstrebte ihm, zu fragen. Er tat es trotzdem. Er musste wissen, was hier gespielt wurde. „Was willst du denn?"

„Dich. Vor seinen Augen. Wenn er nicht live zusieht, dann als Aufzeichnung. In Endlosschleife am besten."

Tavi schluckte gegen die Hand an, die immer noch viel zu fest gegen seine Kehle drückte. Er musste husten. „Und wenn ich nicht will?"

„Oh, du willst, glaub mir."

„Ich steh nicht auf dich."

MacMillan zischte. „Beruht auf Gegenseitigkeit. Aber ich schätze, dein Loch ist so gut wie jedes andere."

Er konnte das nicht ernst meinen. Scheiße. Er musste hier weg. Tavi wand sich unter dem fremden Gewicht, versuchte, seine Hände freizukriegen, aber MacMillan brauchte nur etwas fester zuzudrücken, und ihm wurde schwindelig.

Tavi kniff die Augen zusammen und rang nach Luft. Das hier konnte doch nur ein Albtraum sein. MacMillan ließ wieder locker.

„Ich weiß alles über eure kranke Beziehung, Tavi. Eine Story, die ganz groß rauskommen könnte. Auf Seite eins. Vielleicht sogar ins Fernsehen. Ist schon ziemlich pervers, nicht? Der Typ, der den Mörder seines eigenen Sohnes vögelt, und der Typ, der sich vom Vater seines toten besten Freundes vögeln lässt. Und das, obwohl der ihn öffentlich bloßgestellt und erpresst hat. Ich meine ... wow."

Tavis Herz schlug noch schneller. MacMillan hatte nicht zu viel versprochen. Er wusste wirklich alles. Und wenn er das wirklich öffentlich machte, würde noch mehr kaputtgehen. Im schlimmsten Fall auch das, was sie sich mühsam in den letzten Wochen aufgebaut hatten. Jacks Club. Sein neuer Job. Ihre Liebe.

Wenn solche Geheimnisse in die Öffentlichkeit gezerrt wurden, konnte alles Mögliche passieren. Tavi kannte die Dynamiken von Schmutzkampagnen. Er wusste, was Shitstorms anrichten konnten. So etwas konnte nicht nur Beziehungen zerstören, sondern auch Menschen. Besonders Menschen, die ohnehin schon kämpfen mussten.

Seine Kehle wurde ganz von selbst enger. MacMillan musste gar nicht mehr zudrücken. Scheiße.

„Okay", sagte er leise. „Ich mache mit."

Es graute ihm davor, sich von diesem Kerl anfassen zu lassen. Er wollte sich nicht vorstellen, dass Jack das sehen würde. Aber lieber ließ er sich von ihm erniedrigen, als dass er diese Bombe zündete. Sie waren keine Kinder mehr. Das hier hatte nichts mit einem Seitensprung zu tun. Darüber würden sie hinwegkommen, irgendwie. Besser als über diesen Sturm, den MacMillan heraufbeschwören konnte, wenn er ihm nicht gab, was er wollte.

„Gut." Der Mann über ihm lächelte und Tavi hasste es. Die Hand verschwand von seinem Hals und wanderte zur Knopfleiste seines Hemdes. „Dann lass uns keine Zeit verlieren."

KAPITEL 25

JACK SAß GRUMMELND über den Hausaufgaben, die seine Psychologin ihm mitgegeben hatte. Er sollte Bestandsaufnahme machen.

Dinge aufschreiben, die er früher gern getan hatte, Dinge, die er heute tat, Dinge, die er gerne tun würde.

Er fand das ein bisschen kindisch, aber er hatte sich vorgenommen, die Therapie nicht zu hinterfragen. Seine eigene Strategie hatte er nun mehrere Jahre lang ausprobiert und sie hatte nicht besonders gut funktioniert. Es war Zeit, einer Expertin zu vertrauen, auch wenn es schwerfiel.

Damit er das auch wirklich erledigte, hatte er den Abend freigenommen. Die Zahlen des Clubs sahen gut aus und inzwischen funktionierten auch ihre Sicherheitsmaßnahmen besser. Und letztendlich war es auch für dieses Unternehmen besser, wenn er heilte und stabiler wurde.

Mit dem Tablet auf dem Schoß lag er auf dem Sofa und machte Notizen. Es ging unendlich langsam und er verlor sich immer wieder in Gedankenschlaufen. Aber er wollte das schaffen. Für sich, für Phil und auch für Tavi.

*

Tavi lag auf dem Bett mit den feinen, roten Bezügen und unterdrückte das Zittern, das seinen Körper zu beherrschen versuchte.

MacMillans Blick bohrte sich in seine Augen. Tavi hasste jede Sekunde mehr, dass er diese Maske trug. Versuchte, sich darauf zu konzentrieren, während die fremden Finger seine Kleidung öffneten.

Das Atmen fiel ihm schwer, obwohl seine Kehle frei war und MacMillan nicht mehr auf ihm saß, sondern zwischen seinen Beinen. Er sah nicht dabei zu, wie die Hände seine Haut freilegten. Es reichte, was er fühlte.

Er wollte ihm nicht zeigen, was das in ihm auslöste. Es war zu intim. Intimer als das, was MacMillan von ihm wollte. Die Erinnerungen an die Sportumkleide flimmerten vor seinen Augen. Die Hände, die ihn auszogen. Wie es wehtat, wenn der Stoff in seine Haut schnitt. Wie er sich fast den Arm dabei ausrenkte, als jemand das Shirt von seinem Körper zerrte. Das Gelächter und Gekreische.

Seine Kehle wurde trocken von den flachen Atemzügen. Die Panik war stärker als seine Willenskraft.

Ganz ausziehen konnte MacMillan ihm das Hemd nicht – das lag an den Handschellen, die ihn hinter seinem Kopf ans Bettgestell banden. Tavi krampfte die Finger in das Metall.

Er wusste nicht, was er tun sollte. Woran er sich halten, an was er denken sollte, um die Bilder zu vertreiben. Normalerweise war Jack sein Anker, aber es schmerzte, wenn er daran dachte, wie sehr es ihm wehtun würde, das hier zu sehen.

Er hatte nichts, was er den Geistern seiner Vergangenheit entgegensetzen konnte. Und so gewann das Zittern. Tavi drehte den Kopf zur Seite und biss die Zähne aufeinander, als MacMillan mit der Hose weitermachte.

„Warum machst du das mit, obwohl du es kaum erträgst?", fragte MacMillan.

Tavi schüttelte den Kopf. „Mein Körper reagiert nicht auf *dich*, sondern auf was anderes. Glaub mir, deinen Schwanz kann ich ab."

Er war ein bisschen stolz auf sich, dass er es schaffte, trotz allem bissig zu klingen und viel stärker, als er sich fühlte.

„Dieser Artikel würde *ihm* viel mehr schaden als dir. Du könntest behaupten, dass du nur aus Angst mit ihm zusammen warst."

„Ich liebe ihn. Wenn das hier der einzige Weg ist, damit du ihn in Ruhe lässt und er endlich trauern und heilen kann, dann halte ich es aus. Ist mir echt egal, also mach weiter."

Ein Teil von ihm wünschte sich, dass Jackson hereinkommen und ihn retten würde. Dass er Mac-Millan K.O. schlug und ihn einfach in den Arm nahm, bis alles wieder gut war. Aber das war dumm. Es würde nur neue Probleme bringen. Nein, es war am, besten, wenn Jack nicht kam und jetzt auch nicht vor dem Bildschirm saß. Vielleicht konnte er ihn davon überzeugen, diese Aufnahme zu löschen, ohne dass er sie sich je ansah. Das wäre am besten für ihn. Hoffentlich arbeitete er heute nicht. Er stand das hier alleine durch. Für sie beide. Vielleicht konnte er so auch noch etwas von seiner eigenen Schuld zurückzahlen. Es war okay. Es war okay. Es war okay.

MacMillan schnaufte abfällig und machte sich an seiner Hose zu schaffen. Tavi kämpfte gegen die Panikattacke. Ihm war schwindelig, weil er zu schnell atmete. Sein Gesicht und seine Hände kribbelten. Es kam ihm vor, als ob ihm ein paar Sekunden fehlten, als sei er kurz weg gewesen, denn auf einmal war er ganz nackt. Seine Augen fühlten sich feucht an. Als er MacMillan wieder ansah, war er dankbar für den Schutz der Maske.

Das Schlimmste hatte er hinter sich, richtig? Es gab nichts mehr, das er ihm ausziehen konnte. Er versuchte, sich einzureden, dass das hier nichts weiter war. Nur ein dummer Fick, der nicht mal besonders gut werden würde. Fünf Minuten Brennen zwischen seinen Beinen und eine beschämende Erinnerung im Tausch für eine Zukunft, die einigermaßen heil sein würde. Es war okay.

Er sah nicht dabei zu, wie MacMillan sich die Hose auszog, wollte weder sein Teil sehen, noch sein hässliches Grinsen. Stattdessen suchte er sich einen Punkt an der Zimmerdecke, den er anstarren konnte. Kunststoff knisterte. Immerhin nahm er ein Kondom.

Kalte Hände berührten die Innenseiten seiner Oberschenkel, schoben seine Beine auseinander. Er kam näher. Viel zu nahe. Tavis Atem bebte. MacMillans Gesicht war vor seinem, sein ganzer Körper über ihm.

„Er hat so viel kaputtgemacht. Du belügst dich doch, wenn du sagst, dass du ihn liebst. So jemanden kann man nicht lieben."

„Wir haben uns verziehen. Alles", erwiderte Tavi und begegnete nun doch noch einmal dem Blick hinter der falschen Maske. „Etwas, das du auch lernen solltest." Seine Finger krümmten sich fester in die Handschellen, die ihn hielten. Sein Körper stand unter der Anspannung, die das Warten auf den Schmerz mit sich brachte. Dieser Kerl würde nicht sanft zu ihm sein, wenn er ernst machte.

„Ich versuche auch, den Kerlen zu verzeihen, die meine Schulzeit zur Hölle gemacht haben. Und die dafür gesorgt haben, dass ich es nicht ertrage, wenn mich jemand auszieht."

Er wusste nicht, warum er es ihm jetzt doch erzählte. Vielleicht war es der Wunsch, den Moment noch um ein paar Sekunden hinauszuschieben. Teuer erkaufte Sekunden. Aber es war jetzt sowieso egal, oder nicht?

„Und ich werde sogar irgendwann versuchen, dir zu verzeihen, was du gerade tust. Auch wenn ich mir noch nicht vorstellen kann, dass mir das gelingt."

MacMillans Augen verengten sich. Der Hohn, den er heute schon mehrmals in seinem Grinsen hatte aufblitzen sehen, blieb jedoch fort.

„Hältst du dich für Jesus, oder was?"

Tavi schüttelte den Kopf. „Ich habe es an Jack gesehen und an mir selbst. Ich habe die Leute von damals wiedergetroffen, und kaum ausgehalten, dass sie es all die Jahre nicht kapiert haben und wahrscheinlich niemals werden. Du machst dich abhängig, wenn du erwartest, dass *sie* deine Wunden heilen. Denn das tun sie nicht."

Er hielt dem bohrenden Blick stand. Jedes Wort war ernst gemeint, kein Versuch, sich zu flüchten oder seinem Schicksal zu entgehen.

Sekundenlang sahen sie sich an, es war wie ein stummer Kampf, obwohl doch keine Sekunde ein Zweifel daran bestand, wer wen in der Hand hatte. MacMillan hätte sich alles nehmen können, was er wollte, ohne dass er etwas dagegen getan hätte. Er hätte es ausgehalten. Den Schmerz und die Scham und die Erniedrigung.

„Mir ist die Lust vergangen", knurrte MacMillan. Schneller, als die Worte in ihn einsickern konnten, ging der Kerl von ihm herunter.

Tavi fasste es nicht. Seine Augenlider flatterten vor Erleichterung.

„Deine Ansprache hat ihn schlaff werden lassen", murmelte er und fummelte an den Handschellen herum. „Hast nochmal Glück gehabt."

War es wirklich das? Tavi setzte sich auf und rieb sich die Handgelenke. Sein Herz pochte immer noch wie wild. Er schob sich die Maske vom Gesicht und wischte sich die halb getrockneten Tränen ab.

Dass MacMillan ihm dabei zusah, war ihm egal.

„Diese Kerle ... haben sie dich ... ?"

Tavi war überrascht davon, wie MacMillans Stimme klang, als er das fragte. Er knete die Hände.

„Nein, sie haben mich nicht vergewaltigt", antwortete er leise.

„Okay", murmelte MacMillan. „Gut."

Vielleicht hatte er ihn wirklich zum Nachdenken gebracht. Tavi schluckte. MacMillan zog sich an und ging. Kein Wort mehr über Jack oder seine Rachepläne. Der Vorhang raschelte. Dann klappte die Tür und es war Ruhe.

Als er so allein dasaß, kam alles das hoch, was er die letzten zehn Minuten mühevoll zurückgehalten hatte. Die Tränen liefen. Vor Angst und Schock über das, was er gerade noch hatte abwenden können, und dann vor Erleichterung, weil alles irgendwie gutgegangen war.

Als er den Club verließ, gab es nur einen Weg, den er nehmen konnte. Den zu Jacks Haus. Er musste ihn sehen, brauchte seine Umarmung.

Jack benötigte nur einen Blick, um ihm anzusehen, dass etwas passiert war. Er zog ihn in seine Wohnung und in seine Arme, ohne zu fragen, und Tavi hielt sich an ihm fest, trocknete neue Tränen an dem grauen Hemdstoff.

Jack kochte ihm einen Kirschtee, von dem Tavi wusste, dass Jack den überhaupt nur da hatte, weil *er* ihn gern trank, und setzte sich mit ihm aufs Sofa. Er erzählte ihm Stück für Stück, was passiert war.

Immer wieder drückte Jacks Hand seine so fest, dass es fast wehtat. Er konnte seine Wut spüren. Und er verstand sie.

„Du warst leichtsinnig, auf diese Einladung zu hören", flüsterte er irgendwann.

„Ich weiß ... Ich hatte Sehnsucht ... und es hat so gut gepasst. Und das mit dem gewohnten Ort ... das konnte er doch nicht wissen."

„Er hat einfach darauf vertraut, dass es so einen Ort gibt, hat gewartet, dass du kommst und ist dir nachgegangen."

Jack strich ihm durchs Haar und spielte mit seinen Locken. Genau das Stück heile Welt, das er gerade brauchte. Er konnte nicht aufhören, Jack zu betrachten.

„Eigentlich müssen wir ihn anzeigen. Er ist viel zu weit gegangen. Nicht nur heute Nacht. Wir haben es auf Video."

„Ich verstehe dich. Aber ich glaube, das war das letzte Mal. Ich glaube, ich bin zu ihm durchgedrungen. Er hat es verstanden. Und es ist ja nichts passiert."

„Nichts passiert?", fragte Jack und erhob nun doch die Stimme. „Er hat dich durch die Hölle geschickt. Sollen wir ihm jetzt dankbar sein, dass er dich nicht zur Krönung noch vergewaltigt hat?" Er schüttelte den Kopf. „Ich glaube, deine Engelsmaske macht dich zu nachsichtig."

Tavi schmiegte sich an ihn und gab ihm einen Kuss. „Vertrau mir. Ich glaube, er wird uns in Ruhe lassen. Ich glaube, es ist vorbei. Das ist der Punkt, an dem wir alle aus dem Karussell aussteigen können. Wenn wir jetzt wieder dafür Rache nehmen, geht es in eine neue Runde."

„Und du hast dafür bezahlt", brummte Jack. „Das war nicht fair."

„Wann ist das Leben denn fair?" Tavi rang sich ein Schmunzeln ab. „Ich will jetzt nicht mehr über ihn reden. Hilf mir jetzt, diesen Schrecken aus meinem Kopf zu kriegen."

Er sah tiefes Verständnis in Jacks Augen, spürte es in dem Kuss, der auf ihren langen Blick folgte. Eine Weile lagen sie sich in den Armen und die Welt wurde wieder wärmer und sanfter.

„Vielleicht hilft es, wenn ich dir sage, dass ich dich liebe", flüsterte Jack.

Tavi lächelte selig. „Ja, das hilft wirklich."

Kapitel 26

IN DEN NÄCHSTEN Tagen und Wochen kehrte Ruhe ein. MacMillan ließ sich weder blicken, noch von sich hören und Jack begann, sich sicher zu fühlen, was ihn betraf. Vielleicht machten sie jetzt alle ihren Frieden.

Die Sitzungen blieben anstrengend, und er merkte, dass sie etwas bewegten, auch wenn ihm das nicht immer gefiel. Es würde ein langer Weg werden, Philipps Tod richtig zu verarbeiten, aber schon jetzt konnte er freier atmen.

Am Wochenende lief er durch seine Wohnung und hängte einige der alten Bilder ab, um Platz für neue zu schaffen. Er wollte wieder öfter Ausstellungen und Galerien besuchen, sich vielleicht auch selbst noch einmal an die Leinwand stellen. Nur zum Spaß.

Als der Club richtig in Fahrt kam, überwies er Tavi den Anteil, den er ihm versprochen hatte. Inzwischen erreichten sogar Bewerbungen für die Bühne sein Postfach und das freute ihn ganz besonders. Er besuchte jede der Vorstellungen, ohne ansonsten im Club aktiv zu werden – er genoss lediglich die Atmosphäre und sah nach dem Rechten, badete im Besucherstrom und den verträumten Blicken der Männer, die zum ersten Mal durch die Räume schlichen.

Als Tavi seinen ersten Arbeitstag in der neuen Agentur hinter sich hatte, feierten sie gemeinsam und Jack schenkte ihm das Gemälde, das er bei ihrem gemeinsamen Ausflug in die Ausstellung gekauft hatte. Das war von Anfang an seine Absicht gewesen – er hatte nur auf den passenden Anlass gewartet.

Alles entwickelte sich gut ... auch wenn der Weg so seine Schlaglöcher hatte.

Als sie Tavis Freund Elijah und dessen Frau ungeplant auf der Straße begegneten, gefror die Stadt für ein paar Sekunden. Keiner von ihnen konnte vortäuschen, die andere Partei nicht gesehen zu haben, also blieb ihnen nichts anderes übrig, als sich zu einer kurzen Unterhaltung durchzuringen.

Elijahs Lächeln wirkte angestrengt und seine Frau sagte zuerst überhaupt nichts. Ihr Blick huschte zwischen ihrem Mann und Tavi hin und her und versteifte sich dann auf ihn.

Zum Glück lockerte Tavi alles mit seinem Strahlen auf. Er erzählte von seinem neuen Job und den Projekten, die man ihm gerade anvertraut hatte, und er ließ seine Hand keine Sekunde los. Er schaffte es, sowohl Elijah als auch Lola zum Lachen zu bringen und das Eis aufzubrechen.

Irgendwie bekamen sie den ganzen Smalltalk über die Bühne, ohne über den Elefanten im Raum zu sprechen. Als sie sich verabschiedeten, legte Eli ihm die Hand an die Schulter und sagte mit undeutbarem Blick zu ihm: „Ich kann nur hoffen, dass ihr beide irgendwann heiratet. Wir haben immerhin eine gecrashte Hochzeit bei euch gut."

Jack konnte ihm nur zustimmen. „Das habt ihr wohl." Er senkte entschuldigend den Kopf und aus der Berührung auf seiner Schulter wurde ein versöhnliches Klopfen.

„Viel Spaß euch noch."

„Das war weniger schlimm, als ich es mir vorgestellt hatte", murmelte Tavi, als sie sich ein paar Meter von den anderen entfernt hatten.

Jack musste schmunzeln. *Mit dir ist alles weniger schlimm.*

„Ich schätze nur, wir müssen irgendwann heiraten, damit mein Karma wieder ausgeglichen ist."

Tavi stieß ihn in die Seite. „Klingt für mich nach einem gerechten Ausgleich."

Ein bisschen kam er sich wieder vor wie ein Teenager. Die Vorstellung, mit ihm den Rest seines Lebens zu verbringen, hatte nichts Fremdes oder Absurdes, auch wenn sie ihm trotzdem verrückt vorkam.

Wieder ein paar Schritte weiter fragte Tavi: „Können wir den Club dafür nehmen?" Das Thema schien ihn nicht so einfach wieder loszulassen. Jack lachte leise.

„Sicher. Wenn du in einem Sexclub deine Hochzeit feiern willst."

„Ich habe schon verrücktere Dinge getan." *Auch wieder wahr*, dachte Jack. Tavi war noch nicht fertig mit seinen Ausführungen. „Wir müssen ja keinem verraten, dass wir da gefickt haben. Die meisten werden denken, es ist ein Museum oder ein Gedenkhaus oder ein Event-Hotel." Er zuckte mit den Schultern.

„Ich dachte, wir erzählen keine Lügen mehr."

„Wenn jemand fragt, ob ich dir auf dem Klavierhocker einen geblasen habe, werde ich natürlich wahrheitsgemäß antworten."

„Verstehe. Dann ist es in Ordnung, schätze ich."

Sie lachten während sie weiterschlenderten.

Am nächsten Tag trafen sie sich nach dem Frühstück bei Tavis Oma. Sie war das erste Familienmitglied, das er kennenlernen sollte. Und laut Tavis Aussage wusste sie noch nichts von seiner Homosexualität. Das würde ... interessant werden. Jack beschlich die Sorge, dass sie sie beide in hohem Bogen rauswerfen würde, aber Tavi war seltsam zuversichtlich.

„Wir sollen Opas Bücherkammer entrümpeln", erzählte er, als sie vor der Hoftür des Grundstücks darauf warteten, dass jemand öffnete. „Sie hatte eigentlich meine Eltern um Hilfe gebeten, aber die haben ihr nur angeboten, jemanden dafür zu bezahlen. Typisch."

„Gut, dass du so ein lieber Enkelsohn bist", sagte Jack und wuschelte ihm durchs Haar. Himmel, er liebte das einfach.

Schlurfende Schritte kamen näher und ein Schlüssel drehte sich im Schloss. Jack trat dichter an Tavi heran und richtete seinen Blick auf die Tür.

Eine alte Frau mit Dutt stand ihnen gegenüber. Eine Brille mit rotem Rahmen leuchtete ihm aus einem freundlichen Gesicht entgegen. Tavis Oma wirkte geradezu winzig, als sie ihnen die Tür aufhielt und sie hineinwinkte.

„Ich bin so froh, dass sich endlich jemand darum kümmert", sagte sie. „Und dann gleich zwei junge Männer."

Sie wirkte weder verwundert noch ablehnend. Nun, sie hielt ihn vermutlich für einen Bekannten, nicht für Tavis Partner.

„Ich wäre eher gekommen, aber die Arbeit ..."

„Es ist genau richtig, dass du heute kommst, Schatz. Mach dir keine Gedanken." Sie umarmte Tavi und wandte sich dann ihm zu.

„Ich bin Jack", sagte er und nickte freundlich.

„Und du hast auch nichts Besseres mit deinem Sonntag zu tun, als einer alten Frau zu helfen? Armer Junge."

Er schmunzelte. „Ich helfe gerne."

Tavis Oma tätschelte seinen Arm und leitete sie dann beide über den Hof. Es war ein verträumtes, kleines Grundstück, zumindest wirkte es hier vorn so. Vor dem Haus lag ein Rasen, der an einer Kante von einem Blumenbeet begrenzt wurde. Hinter den Koniferen dort hinten schien es noch weiterzugehen.

Auf einer Leine, die über den Weg zwischen dem Haus und dem Rasen gespannt war, hing Wäsche und trocknete in der Sommersonne.

Tavis Oma fädelte sich durch die Kleidungsstücke hindurch, während sie beide den Umweg über den Rasen nahmen.

Im Haus angekommen, zeigte sie ihnen das Zimmer, um das es ging. Es war nicht sehr groß, aber dafür sehr voll. Außerdem war es ganz schön dunkel. Das einzige Fenster nach draußen zeigte in Richtung der Mauer, die das Grundstück einfasste und ließ nicht viel Sonnenlicht herein.

Auch das Betätigen des Lichtschalters brachte nicht viel Veränderung, die Stimmung im Raum wurde nicht heller, sondern nur gelber − die Lampe war winzig und überaltert.

„Hier neben der Tür stehen Kartons zum Falten. Du weißt ja, dass Opa schlecht Dinge wegwerfen konnte. Bücher und Fotoalben bitte aufheben, aber was alte Zeitungen und Geschäftsunterlagen sind, kann aussortiert werden. Wenn ihr euch unsicher mit etwas seid, dann schaue ich es mir an", sagte Tavis Oma. „Ich muss nur noch wissen, ob dein Freund Erdbeerkuchen mag."

Damit war wohl er gemeint. Jack lächelte freundlich. „Zu einem guten Erdbeerkuchen sage ich nicht nein."

„Schön, dann legt mal los, meine Lieben und sagt mir, wenn euch etwas fehlt. Ich bin vorn in der Küche."

Sie nickte beiden zu und verließ den kleinen Raum. Die Tür ließ sie offen und Jack sah ihr nach, wie sie den schmalen Flur entlanglief und ganz hinten um die Ecke verschwand. Dann zog er die Tür heran und schloss sie leise.

Tavi öffnete das Fenster. Eine gute Idee, denn der Staubgeruch war allgegenwärtig.

„Warum machst du die Tür zu?", fragte Tavi und Jack zog ihn zur Antwort zu einem Kuss heran.

„Damit ich *das* machen kann."

Tavi schmunzelte gegen seine Lippen und schlang die Arme um seinen Nacken. Es gab nichts Besseres als das. Jack drückte ihn sanft an sich und genoss das Gefühl seiner frechen, weichen Lippen.

Genug bekamen sie nicht voneinander, aber irgendwann löste Tavi sich dennoch von ihm und sie fingen in stiller Übereinkunft an, zu arbeiten.

Jack kannte Tavis Opa nur aus den Geschichten, die er ihm von früher erzählt hatte. Dass er gern nach der Schule hier gewesen war und ihm in der Werkstatt geholfen hatte, wenn er konnte. Auch, dass seine Eltern das irgendwann unterbunden hatten, und dass der Mann ein echter Künstler war.

Jetzt, beim Sichten und Sortieren all der Unterlagen, kam es ihm so vor, als würde er ihn nachträglich noch kennenlernen.

Fast alle Bücher drehten sich um Kunst und Geschichte. Es gab mehrere Bildbände und Berichte von berühmten Ausstellungen, viele alte Fotos und auch Skizzen und Zeichnungen.

Tavi und er einigten sich auf ein System, nach dem sie die Sachen in die Kartons sortierten. Sie kamen gut voran, obwohl sie sich gerade anfangs fast alles zeigten, was sie in die Hände nahmen und viel dabei redeten.

Seine Großmutter hatte recht: Es steckten viele alte Zeitungen in den Stapeln, schwere Ordner voller Einkaufslisten, Terminnotizen, Kassenblättern und Visitenkarten, teilweise auch einfach Verpackungsmüll.

Sie arbeiteten sich systematisch durch den Raum hindurch, Tavi an der linken Wand entlang und er selbst an der rechten. Die Kartons standen zuerst an der Tür und wanderten dann in die Mitte des Raumes, wo sie sie neben- und aufeinanderstapelten.

„Noch zwei Ordner Kassenblätter", sagte Jack und legte die angelaufenen, ausgehefteten Seiten in den Karton für den Müll. Er schaute rüber zu Tavi, der gegen eins der Regale gelehnt dastand und in einer Art Notizheft las. Als er umblätterte, fiel ein Foto heraus. Er bückte sich danach und fing Jacks Blick dabei auf.

„Das hier ist ... also ... ich bin mir nicht sicher", murmelte er und wirkte auf einmal ganz aufgeregt.

Jack zog fragend eine Augenbraue nach oben.

„Peters Federn sind qualitativ kaum zu übertreffen", las er aus dem Heftchen vor. „Ich nehme sie gerne für die Herstellung, aber vor allem, schätze ich seine Gesellschaft. Es geht nichts über einen guten Federkiel. Oder zwei." Er runzelte die Stirn. „Ich muss dir gestehen, liebes Tagebuch, dass der Federkiel mein liebster Teil ist."

Jack schnaufte. „Das klingt ein bisschen seltsam."

Tavi hob die Hand. „Warte es geht noch weiter."

„Es ist der harte Teil von etwas, das ansonsten so weich und anschmiegsam ist. Gott möge mir meine Faszination verzeihen." Er hielt das Foto hoch. Jack umrundete den Kartonstapel, um es sich ansehen zu können.

Auf dem Bild war ein Mann zu sehen, der breitbeinig auf einer Theke – wahrscheinlich in der Werkstatt saß. Sein Blick wirkte ebenso provokant wie die Pose. Konnte es sein ...?

„Glaubst du, dein Opa war schwul?"

„Zumindest klingt es so, als hätte er gewisse Vorlieben gehabt, oder?" Tavi gluckste. „So wie er von harten Federkielen redet."

„Ist das dein Opa auf dem Foto?", fragte Jack.

„Nein, ich glaube das wird sein Federlieferant gewesen sein." Er steckte das Bild zurück in das Heft und klappte es zu. „Vielleicht wäre er mir doch nicht böse, dass ich seine Maske genommen habe."

Jack musste lächeln. Irgendwie war es ein netter Gedanke, dass Tavi bei all der Distanz und Ignoranz in seiner Familie doch jemanden gehabt hatte, der ihm ähnlich war. Ähnlicher als er gewusst hatte. Sie grinsten einander an, dachten wahrscheinlich gerade genau das Gleiche. Dieses Mal war es Tavi, der ihn zu einem Kuss heranzog. Jack schloss die Augen und genoss es, wie ihre Körper sich aneinanderschmiegten, während ihre Lippen dasselbe taten.

Dann ging die Tür auf.

KAPITEL 27

TAVIS AUGEN WEITETEN sich und er zuckte von Jack zurück, als wäre er ein glühendes Eisen. Zu spät natürlich, sie musste längst gesehen haben, was hier abging. Schameshitze schoss ihm ins Gesicht, während gleichzeitig Angst in seinem Magen rumorte. Er hatte seine Oma überhaupt nicht kommen gehört ... dabei war der Flur doch wirklich lang. Scheiße.

Mit klopfendem Herzen schaute er zu ihr. Er hatte ihr ja noch erzählen wollen, dass Jack nicht nur ein Kumpel war, aber ... Sie lächelte.

„Oh, lasst euch von mir nicht stören, ich wollte nur sagen, dass der Kuchen fertig ist."

Tavi blinzelte verdutzt. Erst in ihre Richtung dann in Jacks. Unsicher kniff er die Lippen zusammen, spürte seinen schnellen Puls selbst dort. „Also ... wir ..."

„Wir kommen gerne den Kuchen kosten", sagte Jack und grinste.

Mit erhitzten Wangen folgte Tavi den beiden aus dem Zimmer. Seine Knie waren weich, aber die Panik in seinem Körper kam ihm auf einmal vollkommen übertrieben vor.

„Wir sind ganz schön staubig", meinte Jack und blieb vor der Schwelle zur Küche stehen. Tavi schaute an sich hinab. Es stimmte ... sie hatten mit ihrem Gewusel anscheinend einigen Dreck aufgewirbelt, der jetzt an ihrer Kleidung und auch an der Haut klebte.

„Das macht nichts, ich muss sowieso putzen."

Sie setzten sich an den Küchentisch, wo der Erdbeerkuchen schon wartete.

Lächelnd schnitt seine Großmutter ihn an und verteilte großzügige Stücke auf ihre Teller.

Tavi schluckte. Wollte sie keine Erklärung zu dem Kuss? War es einfach so in Ordnung? Er war verwirrt. Seine Finger zitterten, als er die Kuchengabel nahm. Jack musste es gesehen haben und legte eine Hand auf seine. „Es ist alles gut, hm?", sagte er und lächelte.

„Die Farbe in seinem Gesicht steht dir gut, Schatz." Seine Oma lächelte und schien sich auch an der vertraulichen Geste zwischen ihnen nicht zu stören.

„Ich hätte dir sagen sollen, dass ich ... dass ich schwul bin."

Sie schüttelte den Kopf. „Schatz, das geht mich doch gar nichts an. Ich freue mich, wenn es dir gut geht. Und dein Jack macht einen angenehmen Eindruck auf mich. Da gibts es nichts auszusetzen."

Die Worte und ihre Bedeutung sickerten nur langsam in ihn hinein. Für seine Oma war es wirklich kein

Thema. Sie schenkte ihnen in aller Ruhe Kaffee ein, fragte Jack, ob er Milch und Zucker brauchte, und stellte frisch geschlagene Sahne auf den Tisch.

Sie redeten ganz normal miteinander, und das Lächeln, das sie Jackson schenkte, wirkte unbeschwert und nicht, als müsse sie es vortäuschen.

Tavi aß sein Stück Erdbeerkuchen und versuchte, seine Welt neu zu sortieren. Er musste sich wirklich nicht mehr verstecken. Nicht sich und auch nicht seine Zuneigung zu Jack. Auch wenn ihm das vor Fremden inzwischen gut gelang ... bei seiner Familie hatte er wieder zwei Schritte rückwärts gemacht – das wurde ihm jetzt klar.

Seine Oma hatte ganz entspannt reagiert. Bei seinen Eltern würde es wahrscheinlich trotzdem anders sein, aber ehrlich gesagt war es ihm auch gar nicht so wichtig, was sie sagen würden. Ihr Platz in seinem Leben war lange nicht mehr nennenswert. Seine Oma hingegen mochte er wirklich gern ... und seit heute vielleicht noch etwas mehr.

Nachdem sie sich mit ausreichend Kuchen und Kaffee gestärkt hatten, gingen sie zurück an die Arbeit. Jack und er durchforsteten den Rest der Regale, Ablagen und Ordner nach Dingen, die es wert waren, vor der Entsorgung gerettet zu werden, und verteilten alles auf die entsprechenden Kartons. Als es zu viel wurde, trugen sie die erste Fuhre nach draußen.

Nach und nach leerte sich der zuvor so vollgestopfte Raum und wirkte jetzt doch ein bisschen größer.

Nach einer Reinigung und vielleicht einem Austausch der Deckenlampe, würde seine Oma das Zimmer für einen neuen Zweck nutzen können.

„Waren wir so lange hier", fragte Jack, nachdem er den letzten Karton in den Flur getragen hatte. Er wickelte sich eine seiner Strähnen um den Finger – eine Geste, die ihm inzwischen sehr vertraut war. „Sie sind grau geworden."

Tavi schnaufte belustigt. „Deine auch."

„Meinst du, deine Oma lässt uns kurz in ihr Bad?"

Minuten später standen sie in dem Raum mit den terrakottafarbenen Fliesen. Über dem Badewannenrand lagen zwei große Handtücher, die seine Oma extra herbeigebracht hatte. Die Tür war abgeschlossen.

Jack zog sich das Shirt über den Kopf und der Staub rieselte nur so von ihm herunter. Sie hatten eine Reinigung echt dringend nötig. Zögerlich fing auch er an, sich auszuziehen.

Unruhige Gedanken machten sich in seinem Kopf breit, als der Stoff von Jacksons perfektem Körper wich und die Tattoos zum Vorschein kamen.

„Dann gehst du zuerst", murmelte Tavi und wandte den Blick ab. Eigentlich gab es sowas wie Berührungsängste zwischen ihnen nicht. Aber eine gemeinsame Dusche hatten sie bisher nicht genommen. Er wusste nicht, wie Jack die Vorstellung fand, und sie hatten nie darüber gesprochen, ob die Dusche ein schwieriger Ort für ihn war.

Er wusste nur, dass er sich viel zu leicht verführen ließ. Wenn er Jacks nackten Körper so dicht vor sich hätte, würde sein Blick automatisch den Linien aus Tinte folgen ... oder den Wasserperlen, die an seiner Haut hinabliefen. Dann würde er ihn anfassen wollen und wahrscheinlich damit zu weit gehen.

Wahrscheinlich sollte er selbst von dem Gedanken abgestoßen sein, nochmal in einer Dusche rumzumachen, aber ehrlich gesagt spielte der Ort für sein Begehren überhaupt keine Rolle. Wenn er da war und wenn Jack da war, dann war alles andere unwichtig.

„Ich glaube, ich könnte Hilfe brauchen. So dreckig war ich immerhin schon lange nicht mehr." Jack stand inzwischen nackt vor ihm und Tavi biss sich auf die Unterlippe. Sollte er wirklich?

„Bist du sicher?"

Eine andere Art von Wärme trat in Jacksons Blick und Tavi spürte sie direkt in seinem Herzen. „Okay, dann ... musst du mir nur noch die Hose ausziehen", hörte er sich sagen.

Er konnte an seinem Gesicht ablesen, dass Jackson das nicht erwartet hatte. Sie wussten beide, dass es ein großer Schritt für ihn war. Aber es schien der richtige Moment zu sein, um ihn zu machen.

Jackson kam näher an ihn heran und Tavi wusste nicht, ob es die Angst oder seine Nacktheit war, die sein Herz schneller schlagen ließ. Sein Blick verfing sich in den Linien auf Jacks Haut, als die vertrauten Hände nach ihm griffen. Statt ihn direkt auszuziehen, strich Jack mit den Daumen knapp über dem Bund entlang und lehnte sich vor, um ihm einen sanften Kuss auf die Stirn zu hauchen.

Das Kitzeln löste die Anspannung ein wenig. Tavi hielt die Bilder fern, so gut er konnte. Das hier war vollkommen anders als damals in den Sportumkleiden. Es hatte nichts mit Gewalt und Verachtung zu tun, nichts mit Kontrollverlust und Hilflosigkeit. Jack ließ sich Zeit beim Öffnen seiner Hose. Die Bewegungen an seinem Hosenstall waren so vorsichtig, dass er sie kaum spürte. Eine Gänsehaut kroch an seinem Rücken hinauf, als Jack den Bund nach unten schob und Tavi hielt für einen Moment die Luft an.

Sein Herz pochte laut und seltsam hohl in seiner Brust. Die Panik wollte nach ihm greifen und zugleich griff Tavi nach Jacks Schultern. Der Stoff glitt von selbst zu Boden und ein heißer Kuss wirbelte seine Gedanken durcheinander.

Er hatte es schon geschafft. Sein Körper war in Aufruhr, aber es war nicht so schlimm gewesen, wie gedacht. Ohne die Angst hätte es sich sogar schön angefühlt.

„Ich bin stolz auf dich", sagte Jack, während er sein Gesicht noch in den Händen hielt. Tavi schaute zu ihm auf und verfolgte genau, wie die Worte ihn durchdrangen und in seiner Brust kribbelten.

Während sie sich nochmal küssten, stieg er aus dem Bündel, das die Hose zu seinen Füßen bildete und zog sich selbst die Boxershorts aus. Dann folgte er Jack in die Duschkabine.

Sie war angenehm groß und ebenso gefliest wie der Rest des Raumes.

Jackson stellte das Wasser an und der erste Regen, der sie beide traf, war so eiskalt, dass es Tavi ein kleines Quietschen entlockte. Obwohl genug Platz vorhanden war, blieb er dicht bei Jack und beobachtete fasziniert, wie die die Tropfen ihre feuchten Bahnen über seine Haut zogen.

Grinsend rieb er über die Nippel, die sich ihm steif und hart entgegen reckten. Er spielte mit ihnen, bis Jack die Hände auf seine Schultern legte. Mit einem Mal wurde Tavi klar, dass er schon gar nicht mehr daran dachte, dass es vielleicht der falsche Ort war. Dass Jack vielleicht wirklich *nur duschen* wollte.

„Sorry, ich hab nicht nachgedacht", sagte er und schaute in sein Gesicht.

Kapitel 28

JACK STRICH DURCH die nassen, schwarzen Locken, die er so gern hatte. „Du sollst auch nicht nachdenken, wenn du mit mir zusammen bist."

Er liebte, wie rücksichtsvoll Tavi im Herzen war und fand es gleichzeitig erheiternd, wie leicht er sich von bestimmten Reizen ablenken ließ.

Natürlich wusste er genau, was in Tavis Kopf war. Aber das hatte hier keinen Platz. Wenn sie sich nahe waren, sollte nichts mehr zwischen sie passen.

Vielleicht hatte Tavi auch selbst Angst vor diesem Ort, auch wenn die Dusche seiner Großeltern ganz anders aussah als die im Fitness-Studio oder die im Studentenwohnheim damals. Das Szenario hatte sich für sie beide mit einer gewissen Angst aufgeladen, aber es musste nicht so bleiben. Sie konnten das ändern. Eine neue Erinnerung schaffen.

Jack legte sanft die Finger unter Tavis Kinn und küsste ihn. „Ist das okay?", fragte er gegen die süßen

Lippen, die gleich wieder nach seinen suchten. Wenn es für Tavi nicht der richtige Zeitpunkt war, würde er das akzeptieren. Sie trugen beide ihre eigenen Verletzungen. „Ich denke schon."

Dieses Mal küsste er Tavi tiefer und inniger, ließ ihn seine Absichten spüren. Ihre Zungen umspielten einander, während er ihn gegen die Wand schob und dort festhielt. Tavis Finger gruben sich haltsuchend in seine Schultern, als er sein Becken an ihm rieb. Pure, prickelnde Hitze, die wahrscheinlich Funken geschlagen hätte, wenn sie nicht beide vollkommen nass gewesen wären.

Jack vergötterte jedes einzelne kleine Keuchen, das aus Tavis Mund drang. Seine Hand glitt zwischen ihre Leiber und massierte Tavis Schwanz. Langsam genug, um jedes Risiko zu vermeiden.

Er hatte die perfekte Größe für seine Hand. Ein glühender Blick traf ihn und Tavi wollte ebenfalls nach ihm greifen, aber Jack schob seinen Arm sanft beiseite und pinnte ihn gegen die Fliesenwand.

„Ich will dich ficken", raunte er in sein Ohr.

Tavis Kehlkopf bewegte sich und Jack sah das erregte Glimmen in seinen Augen. Es fiel ihm schwer, sich davon loszureißen. „Bleib so", sagte er und öffnete die Kabinentür.

Ein Kondom brauchten sie dank des Tests nicht mehr, aber er wollte Tavi nicht unnötig wehtun. Tropfnass schaute er sich im Badezimmer um und entdeckte schnell eine Vaseline-Tube auf einer der Ablagen. Das war perfekt. Tavi lehnte immer noch an der Wand und ließ sich vom Wasser berieseln. Ein nackter, nasser Engel, unter dessen Haut sich die Konturen gut trainierter Muskeln abzeichneten. Er war wunderschön. Sein Blick erfasste sofort, was er mitgebracht hatte, und ein dankbares Grinsen umspielte seine Mundwinkel.

Jack drückte eine Portion aus der Tube heraus und Tavi hob ein Bein an seine Hüfte, um ihm den Zugang zu erleichtern. Mit einer Hand hielt er Tavis Oberschenkel fest und schob die andere zwischen seine Beine. Mühelos glitten seine Finger in das süße Loch und verteilten die fremde Feuchtigkeit dort, wo sie gebraucht wurde.

Ungeduld lag in den kleinen Bewegungen, mit denen Tavi ihm entgegenkam. Er konnte es nicht abwarten, ihn zu spüren. Ihm ging es genauso.

Tavis Lider flatterten, als er sich in Position brachte und der Blick aus den blauen Augen wurde ein wenig ängstlich.

„Ich halte dich fest", versprach er ihm und küsste seinen Haaransatz. Dann drang er in ihn ein. Samtige, warme Enge begrüßte ihn zusammen mit Tavis erregtem Stöhnen. Hitze zeichnete sich rot auf seinen sonst so blassen Wangen ab, während sie sich in die Augen schauten und Jack immer tiefer in ihn glitt.

Er konnte dabei zusehen, wie Tavi mehr und mehr die Fassung verlor. Wie gut es sich für ihn anfühlen musste.

Langsam begann Jack, sich zu bewegen. Tavis Bein lag immer noch an seiner Hüfte, presste sich fester an ihn, als er anfing, ihn zu ficken. Ein himmlisches Gefühl.

Das Wasser aus der Duschbrause lief unaufhörlich über ihre nackten Körper und milderte die aufsteigende Hitze ein wenig. Tavis Wangen leuchteten trotzdem in diesem perfekten Rot und er sah so nur noch schöner aus.

Jack legte eine Hand an sein Gesicht und küsste ihn tief und innig, während seine Bewegungen langsamer wurden. Tavi keuchte, als er sich wieder vom ihm löste und Jack konnte sehen, dass er an nichts anderes mehr dachte, als an diesen Moment. Es gab nur sie beide. Keine Vergangenheit, keine Geister, keine Angst. Wenigstens für ein paar Minuten.

*

Er fühlte Jacks Kuss noch auf seinen Lippen prickeln, als sie sich schon längst wieder getrennt hatten. Viel zu schnell. Nur seine Hand war noch da und der Daumen glitt sanft über seine Wange. Der Griff wurde fester, als es wieder mehr zur Sache ging.

Tavi stöhnte und wagte einen Blick nach unten. Sein eigener Schwanz ragte steil zwischen ihren beiden Körpern auf, während Jacksons einfach in ihm verschwand. Ein tiefes, inneres Kribbeln begleitete den Gedanken.

Jack legte nun auch die zweite Hand an seine Hüfte, strich über seinen Arsch – oder was er davon erreichen konnte.

„Vertraust du mir?", fragte Jack, ohne je aufzuhören. Seine Stöße waren langsam, aber sie brachten dennoch alles in ihm zum Singen.

Er wusste nicht, was als Nächstes kam, aber die Antwort war klar. „Das tue ich."

„Ich will dich hochheben." Tavi schlang die Arme um Jacks Nacken. Er liebte es, sich so an ihm festzuhalten. Meistens stand er dabei mit beiden Füßen sicher auf dem Boden, aber das Gefühl war dasselbe.

Jack schob die Hand unten seinen zweiten Oberschenkel und hob ihn mit einem Ruck an. Tavi japste nach Luft, weil er im selben Moment auch tiefer in ihn hineinglitt.

Wie leicht das ging. Damit hatte er nicht gerechnet. Reflexartig spannte er die Beine fester um Jacks Hüften, die sich bereits wieder in einem schnellen Takt bewegten. Jetzt fühlte er sich hilflos – aber auf die gute Weise. Mit der Wand im Rücken, ohne Boden unter seinen Füßen, und mit Jack vor sich ... in sich ... konnte er nichts anderes mehr tun, als sich völlig hinzugeben.

Jack fickte ihn tief und hart und Tavis Stimme überschlug sich vor verzweifelter Erregung.

Ihre Körper drängten sich noch dichter aneinander als vorher. Jacks Finger gruben sich schmerzhaft fest in seine Haut und die Fliesenwand rieb an Tavis

Rücken, aber das einzige, was er wirklich fühlte, war das heiße Drängen zwischen seinen Beinen. Er genoss den vulgären Druck in seinem Inneren, jeden Zentimeter von Jacksons Schwanz. Dass jetzt keiner eine Hand für ihn freihatte, war ihm egal. Es fühlte sich zu geil an, um deswegen etwas zu ändern. Sein Loch schien regelrecht zu pulsieren. Plötzlich schob sich noch etwas in ihn. Tavi kniff die Augen zusammen und klammerte sich noch fester an Jack.

Oh Gott. Es fühlte sich unwirklich an, wie weit Jack ihn dehnte, dabei konnte es nur ein Finger sein. Zusätzlich zu seinem Schwanz fühlte sich das allerdings nach einer Herausforderung an.

„Du hast keine Ahnung, wie scharf du bist", raunte Jack ihm ins Ohr. Seine Stimme war dunkel vor Erregung. „Ich kann spüren, wie es in dir pocht." Jacks Zähne gruben sich in seinen Hals und es fühlte sich an, als würde sich in ihm eine Lawine lösen.

Tavi stöhnte laut und ergoss sich zwischen sie. Er wusste nicht, wie das passiert war, aber es fühlte sich unendlich gut an, den Druck loszuwerden.

Auch Jacks Stimme hallte von den feuchten Wänden wider. Er hatte ihn selten so rau stöhnen gehört. Ein paar letzte, tiefe Stöße schüttelten ihn durch und jagten warme und kalte Schauer über seinen Rücken. So genau hatte er den Moment seines Höhepunktes noch nie mitverfolgt. Er hätte Jack gern ins Gesicht geschaut, aber das lag vergraben zwischen seinem Hals und seiner Schulter.

Kraftlos klammerte er sich an den Mann, der ihn trotz aller Anstrengung und Erregung so sicher hielt, dass er keine Sekunde lang Angst hatte, dass er ihn fallen lassen würde.

Sein eigener Körper fühlte sich auf einmal tonnenschwer an, aber Jack schaffte es, ihn sicher wieder auf den Boden zu stellen. „Halt mich noch ein bisschen, okay?", bat er, weil seine Knie echt heftig zitterten. Der Bereich zwischen Po und Oberschenkeln brannte, als Jack die Hände dort wegnahm, aber es fühlte sich gut an, wie er ihn jetzt in die Arme schloss und seinen Haaransatz im Nacken streichelte.

„Ich halte dich gerne, bis du einschläfst", sagte Jack. „Und ich bezahle gerne den unerklärlichen Anstieg dieser Wasserrechnung."

Tavi gluckste leise. Er hatte recht. Sie waren schon ziemlich lange hier. So langsam sollten sie wohl mal fertig werden. Er stahl noch einen Kuss von Jacks Lippen, ehe sie zum normalen Duschen übergingen.

Sein Herz raste nicht mehr, aber es klopfte jetzt lauter als vorher. Zufrieden und glücklich und irgendwie frei. Vielleicht hatte mehr Last darauf gelegen, als ihm bewusst gewesen war. Er wusste nicht, wie, aber Jack hatte ihn Stück für Stück von all seinen Lasten befreit. Von seiner Maske zuallererst, und dann von allem anderen, was ihn zurückhielt, das Leben zu führen, was er wollte, der *Tavi* zu sein, der er eigentlich war. Wahrscheinlich ahnte Jack nicht, wie viel er für ihn getan hatte. Aber vielleicht würde es ihm mit der Zeit gelingen, ihm all diese Gefühle zu zeigen. Wenn das Schicksal es so wollte, hatte er den ganzen Rest seines Lebens dafür.

Seine Oma sagte nichts dazu, dass sie so lange geduscht hatten. Sie bedankte sich herzlich bei ihnen beiden für die Hilfe und präsentierte eine Tupperdose mit dem Rest des Kuchens, die sie mitnehmen sollten. Sie verließen den Hof Hand in Hand und Tavi lächelte in sich hinein.

So musste sich echtes, pures Glück anfühlen.

EPILOG

ER RUNZELTE DIE Stirn und trat einen Schritt von der Leinwand zurück. Vielleicht hatte er doch das falsche Blau benutzt. Irgendwie sah das alles zu sehr nach Marine aus. Und wenn er ein bisschen Seegrün mit hineinmischte ...?

Es klingelte an der Tür. Er wandte den Kopf und legte Palette und Pinsel beiseite. War es schon so spät?

„Hey, VanGogh." Tavi umarmte ihn und schien überhaupt keine Angst zu haben, sich dabei ein paar Farbflecken einzufangen.

„Beleidige VanGogh nicht." Jack küsste sein süßes Lächeln und nahm ihn mit nach drinnen. Natürlich ging Tavi direkt auf die Suche nach der Staffelei und er hielt ihn nicht davon ab. Gegen diese Neugier konnte er sowieso nichts unternehmen.

„Oh, malst du das Poolzimmer aus dem Club?"

Jack hob eine Braue. Immerhin hatte Tavi das Motiv erkannt. Vielleicht war es doch nicht so übel.

„Ich versuche es zumindest."

„Das Blau muss vielleicht einen Ticken ... keine Ahnung, türkiser?"

„Möchtest du was trinken?"

Sie machten es sich auf dem Sofa im Wohnzimmer bequem und er ließ Tavi von seinem Arbeitstag erzählen. Inzwischen arbeitete er ein halbes Jahr in der neuen Agentur und schien dort Wurzeln schlagen zu wollen. Die Chefs mochten ihn und auch bei den Kollegen war Tavi beliebt. Er hatte schnell Freunde gewonnen, was Jack nicht wirklich wunderte.

Was Freunde betraf ... da war er selbst auch ein wenig vorangekommen. Das Malzeug hatte er zusammen mit Clara gekauft und auch bei seinen anderen Kontakten von früher versuchte er nach und nach eine Annäherung.

Sein Leben schien mit jedem Tag ein bisschen reicher zu werden. Angefangen hatte das mit Tavi ... aber es war auch die Therapie, das musste er zugeben. Es half ihm sehr, mit seiner Psychologin zu reden, und auch, wenn es Tage gab, an denen es ihm immer noch unangenehm war, wenn Tavi mitbekam, dass er einen kleinen emotionalen Tiefpunkt hatte, wusste er doch inzwischen, dass es nicht so schlimm war.

Tavi blieb. Und er auch.

Keiner von ihnen vergaß die Vergangenheit. Das war auch nicht das Ziel. Sie gingen mit ihr um. Jeder auf seine Art. Sie stand nicht mehr zwischen ihnen, sondern war etwas, auf das sie zurückblickten.

Dasselbe tat auch ihr Umfeld. Auch wenn Tavis Cousin ihn stets finster anblickte, hoffte Jack doch, dass er mit der Zeit erkennen würde, dass er nie wieder etwas tun würde, das Tavi wehtun oder schaden konnte.

„Letzte Woche hat jemand *den Raum* entdeckt", erzählte Jack nach einer Weile. Das hatte er Tavi schon die ganze Zeit berichten wollen und es immer wieder vergessen. Zeitweise stresste die Organisation des Clubs ganz schön. Aber es war guter Stress. Das Theater wurde immer stärker besucht und er dachte inzwischen darüber nach, separate Karten nur dafür zu verkaufen, aber es war kompliziert.

„Unseren Raum?" Tavi grinste. „Das hat ja ewig gedauert." Jack war froh darüber, dass Tavi positiv von dem Zimmer sprach. Dass sich kein Schatten darübergelegt hatte, nach dem, was MacMillan geplant hatte.

„Er ist eben gut versteckt."

Er hatte seine Putzkräfte extra darum gebeten, dass sie ihm Bericht erstatteten, wenn die verborgenen Räume Nutzungsspuren zeigten. Er war selbst überrascht davon, wie lange es gedauert hatte, bis jemand dem Raum hinter dem Vorhang fand und er fragte sich, wie es wohl passiert war. Ob jemand versucht hatte, sich hinter dem Stoff zu verstecken? Oder hatten zwei Sex an dem angrenzenden Fenster oder dem großen Regal gehabt und es dabei versehentlich entdeckt?

Vielleicht sollte er sich die Überwachungsbilder ansehen. Verführerisch war die Idee schon, aber die Zeiten, in denen er seine Möglichkeiten ausnutzte, waren vorbei. Keine Hackerspielchen mehr, keine Regelbrüche.

„Ich hoffe, die beiden werden glücklich", sagte Tavi feierlich und hob sein Glas.

Jack schnaufte amüsiert. Der Club machte sicher so einige Männer glücklich, vielleicht brachte er sogar das eine oder andere Pärchen zusammen, aber er hätte jede Wette gehalten, dass keiner von seinen Besuchern dort das finden würde, was er gefunden hatte.

„Ich würde gerne nochmal in den Pool, wo wir uns getroffen haben", murmelte Tavi, nachdem er einen Schluck getrunken hatte. Jack lachte.

„Uns hält niemand davon ab, uns nochmal dort zu treffen."

„Hast du die Maske noch?"

Er warf Tavi einen Blick zu, der deutlich machte, wie überflüssig diese Frage war.

„Ich auch." Er grinste. „Also irgendwann fände ich das schon nochmal spannend", gab er zu. „Aber heute bleiben wir unter uns. Ich möchte dir beim Malen zusehen, wenn ich darf."

Das war eine typische Tavi-Idee. Jack hinterfragte sie gar nicht erst.

„Sicher."

„Ich kann dir immer sagen, wenn was scheiße aussieht."

„Klingt sehr hilfreich."

„Was machst du eigentlich mit den Bildern, die du jetzt malst?"

„Na eine Ausstellung sicherlich nicht", erwiderte er trocken. Vermutlich würde er die Dinger erst mal irgendwo lagern. Falls ihm mal eines gut gelang, konnte er es vielleicht Clara schenken. Oder Tavis Oma. Allerdings sollte er dann vielleicht lieber Schmetterlinge malen.

„Ich möchte es haben. Ich bezahle auch."

Jack musste wieder lachen. „Weil dir ein echter VanGogh zu teuer ist?" Er rückte näher an ihn heran und das fröhliche Leuchten in Tavis Augen kribbelte direkt in seiner Brust.

„Ja, deswegen. Und weil ich dich liebe."

Danksagung

Gerade für eine mehrteilige Geschichte braucht man ein paar zusätzliche Augen, die sie sich ansehen. Mein Dank geht an meine lieben Testleserinnen Sabrina, Franzi, Katja, Sarah und Doris, die mit ihren Anmerkungen die richtigen Denkanstöße gegeben haben, um diesen Roman noch runder zu machen. Außerdem habe ich die Ehre, in diesem Buch zum ersten Mal noch mehr Menschen namentlich zu danken – nämlich denen, die mich auf meiner brandneuen Patreon-Seite unterstützen. Herzlichen Dank, liebe Claudia, liebe Caro, liebe Ulrike. Ihr seid wunderbar!

Und natürlich auch dir ein ganz liebes Dankeschön, lieber Leser, wenn du dieses Buch gekauft oder über Kindle Unlimited ausgeliehen hast – damit ermöglichst du es mir, weitere Bücher zu schreiben. Wenn dir Tavis und Jacksons Geschichte gefallen hat, würde ich mich über eine kleine Rezension oder Bewertung auf Amazon oder anderen Buchseiten freuen!

Du willst mittendrin sein, statt nur dabei?

Wenn du keine Veröffentlichung mehr verpassen willst, abonniere am besten jetzt meinen kostenlosen Gabby-Letter (gabriella-queen.de). Damit bist du nicht nur auf dem Laufenden, was meine neuen Bücher betrifft, sondern hast auch die Chance auf exklusive Gewinnspiele und andere kleine Überraschungen.

Wenn du keine Newsletter magst oder dir der Sinn nach etwas Aufregenderem steht, dann schau doch auf meiner Patreon-Seite

patreon.com/gabriellaqueen

vorbei. Dort gibt es ganz besondere Einblicke und Goodies, die Leserherzen höher schlagen lassen. Ich freue mich auf dich!